华语文学大赛
冠军创意写作课

A 卷　获奖作品卷　潘云贵 主编

北京时代华文书局

图书在版编目（CIP）数据

华语文学大赛冠军创意写作课.A卷：获奖作品卷/潘云贵主编.--北京：北京时代华文书局，2021.9

ISBN 978-7-5699-4358-0

Ⅰ.①华… Ⅱ.①潘… Ⅲ.①中国文学－当代文学－作品综合集 Ⅳ.①I217.1

中国版本图书馆CIP数据核字（2021）第161164号

华语文学大赛冠军创意写作课.A卷：获奖作品卷
Huayu Wenxue Dasai Guanjun Chuangyi Xiezuoke A Juan Huojiang Zuopin Juan

主　　编	潘云贵
出 版 人	陈　涛
责任编辑	田晓辰
执行编辑	郭丽丽
责任校对	凤宝莲
封面设计	程　慧
版式设计	段文辉
封面插画	闲梨Lwhuoo
责任印制	訾　敬

出版发行｜北京时代华文书局 http://www.bjsdsj.com.cn
　　　　　北京市东城区安定门外大街138号皇城国际大厦A座8楼
　　　　　邮编：100011　电话：010-64267120　64267397

印　　刷｜三河市嘉科万达彩色印刷有限公司　电话：0316-3156777
　　　　　（如发现印装质量问题，请与印刷厂联系调换）

开　　本	880mm×1230mm　1/32	印　张	7.5	字　数	204千字
版　　次	2021年11月第1版	印　次	2021年11月第1次印刷
书　　号	ISBN 978-7-5699-4358-0
定　　价	42.00元

版权所有，侵权必究

主编语

作为一门新学科,创意写作虽然在中国本土的历史不算长,却得到了蓬勃发展,反响热烈。尤其在当下新文科建设的背景下,它与传统中文学科保持着相当微妙的关系。

在创新与实践上,创意写作突破了传统中文学科长期关注文本阅读赏析与文本理论批评的局面。时代瞬息万变,文学作品为适应发展,也需具有市场化思维与服务意识,为人们提供多元类型和层次的精神产品,包括思想启蒙、常识认知、娱乐消遣、虚拟体验等诸多方面,才能争取更多受众,进一步推动中文写作的传播与影响,使文学由生活而来,也能应用到生活当中。创意写作鼓励写作的类型化与审美趣味的多样化,十分符合当下时代创作的共识。

初学写作的人常遇到一个问题:心中有一种模糊或混沌的东西,不知怎样才能输出成为笔下的文字。创意写作既然是学科,自然也在解决此类问题,在"教"与"学"的过程中让人茅塞顿开。长久以来,教育界与文艺界也围绕"作家是否能教"展开诸多论战。天才作家虽然在任何时代都存在,但毕竟为少数,多数作家是靠努力自学与勤奋创作走出来的。这类"野生"作家的养成模式已经不适应当前时代的发展需求,有体系有脉络的创意写作学科正自觉地为社会培养更多的创意写作人才,进而满足社会方方面面的写作需要。

我们需要树立信心,写作并非神秘活动,它有规律可循,有据可依,即便是神秘的灵感,也能在一定方法下被激发与捕捉。写作是作家的个体独创和遵循成规的统一,那些被认可的较成功的作品,具有被广泛接受的题材、元素以及风格化、程序化的处理方式等特点,需要被发现、进一步研究及阐释,从而更好地被后来者使用。

编撰《华语文学大赛冠军创意写作课》的缘由也在于此。不同于以往任何一本写作教辅读物,本套书是由目前各大华语文学赛事的大奖得主亲自梳理自己作品的写作成规,总结写作规律,并从成规上路,带领初写者较快进入写作的世界,在各大文学赛事中找到自己的写作方向,写出极具创意的作品。这是当下创意写作教学的一种延伸,实践着"作家可以培养,写作可以教学"的理念。

在书中,各作家都设有自己的"写作课",陈述自我创作观点,剖析自身文本,讲授实用技法。讲故事的方式、人生经验的传递、语言的锻造、情感的共鸣、思想的深刻性,如何较为准确地呈现,作者都以自身为例,避免枯燥抽象的理论,帮助初学者解决"写作前—写作中—写作后"各环节的问题,还原日常创作现场及细节。本书主要有以下几个特点:

一、涵盖多种类型文学写作。当今多数作家的写作正适应着类型化趋势,读者的类型阅读期待和类型意识不断形成,他们主动寻找自己喜欢的类型作品。没有类型意识或对自己作品定位不清的写作者不易找到特定读者。本套书所收录作品皆来自特定类型文学赛事冠军的作品，如青春文学、严肃文学、儿童文学、奇幻文学等类型，带初学者较快认识并找到自己感兴趣的文类题材。

二、获奖作者亲授写作技巧。由海峡两岸暨港澳文学奖得主针对自己得奖佳作及实力作品亲自授课，讲述创作一篇作品的前前后后。怎样捕捉灵感，怎样挑选特别角度让日常题材标新立异，如何采用有趣的结构展开文本各个段落，如何使用不同的修辞使得语言有不同效果，还有情感、思想等何以有效传达，这些年轻但经验丰富的写作者都会一一道出，让写作这件事不再神秘与遥远，让初学者也能轻松上手。

三、课后经典文本推荐阅读。网络时代消除了阅读资源匮乏的问题，但也带来了信息的大爆炸。如何从茫茫书海里找到适合自己的读物来学习，提升创作能力，书中的文学奖得主在各自的写作课堂带来一份珍贵的推荐书单，从中可以看到他们阅读的脉络。每个作家背后都会站着许许多多作家的身影，这些经典文本能够启发本书中的作者，同样也可以启发更多刚学习写作的朋友。

四、帮助养成日常写作习惯。书中设置了小栏目，读者可以从中看到这些作家如何处理现实中关于写作的习惯问题，如什么时候写比较有感觉、怎样的环境能让创作事半功倍、除看书以外还有哪些途径有助于提升创作能力、遇到创作瓶颈期的时候应该如何调整等，诸多写作者遇到的困惑、烦恼都能在这套书中得到解答，也可以帮助读者了解写作的过程，从中得到启发，在日常生活中养成适合自己的写作习惯。

19世纪法国批判现实主义作家司汤达曾把小说定义为"沿着公路移动的一面镜子",其实多数文艺创作都源自对自我或他者生活的观望、映照。

当下的年轻写作者出生在网络时代,也生活在一个物质过剩的时代,世界给予他们的多半是善意与平稳的成长时光,在城市化环境中过着相似的生活,不像父辈,要承受过往年代里太多命运造成的恐惧与波澜。于是在年轻创作者的笔下,总是陷入"乌托邦"式或"自恋"式的叙述,是关于童年、青春、故土、生活相对理想的状态。

本套书中收录的作品多来自"90后"作家中的翘楚,离"00后"出生的写作者很近,同时又比他们有经验,比起父辈,这些"90后"作家在技法、结构、情感表达上继承传统又开拓出自己美学的疆域,更新颖别致。不妨将他们的作品作为标杆,作为一个个镜面,看到他们,也反观自己,从而提升自己的创作能力。当然,书中的这些作者呈现给大家的是他们某段时期的创作文本,我们不能因此草率"定性",以横截面简单评判整体,以免造成误判。他们还年轻,他们还有无限可能。

执笔的意义在于伴随人的成长而改变。最初是情动而记录,凭着主观情绪和幽微玄妙的来源,持神的烛焰而行,后来学工匠要精心雕琢,便拿出修辞、结构、他者的经验与主义这些工具,镶进美学、哲学、宗教、伦理、心理等珠玉,出落得高深、富丽,得一小众人自愿或被迫认同。在"狂欢"后,一些作者便开始傲睨自若,矜功恃宠,丢了自知:文本成熟、老练,但已无早先的生机。褪去写作纷繁的肌理,靠近本心的书写是真诚而轻盈的,但这份"轻"自有它的力量。

我们要望到时间的远方。

期待本套书中的作者在未来有新的蜕变,在文本上能做出更深层次的探索,不断为华语世界带来佳作,也让更多读者找到一个创作者感受世界、领悟生命的普通路径,并因而爱上写作。

写作终究是私人的远途，不管他人喝不喝彩，所行每一步皆是生命真真切切有过的痕迹。时间浪潮涤荡向前，激起的每一片水花都有你我对个体生命经验与世界关联的体悟，包含怀疑、抗争、渴盼与理想等，每个人都在以自己特殊的方式理解它们、书写它们。

　　发表、得奖不是目的，为了新的启程，去开创一个更为独特、充满生命力的文本世界，才是创意写作的一种精神指引。

　　希望本套书能超越实用本身，让写作之美进入每位读者的精神领地。

潘云贵

目录

王君心的写作课
/
069

胡姚雨的写作课
/
049

吴文星的写作课
/
033

萧信维的写作课
/
021

潘云贵的写作课
/
001

黄厚斌的写作课
/
083

方嘉英的写作课
/
097

辜妤洁的写作课
/
131

李嘉茵的写作课
/
165

李司平的写作课
/
181

潘云贵的写作课

- 写作要点
- 写作现场
- 授课
- 课后学习书单

文学冠军简介：潘云贵，笔名云鲸航，"90后"作家，大学讲师，台湾中山大学文学博士。曾获第四十二届中国时报文学奖、第二十二届台北文学奖首奖、第二十二届冰心儿童文学新作奖大奖、首届新蕾青春文学新星选拔赛全国总冠军、第七届全国大学生野草文学奖一等奖、《人民文学》第四届全国高校文学征文一等奖、第十七届全国新概念作文大赛一等奖、第四十四届香港青年文学奖亚军、第五届扬子江年度青年散文诗人奖等奖项。出版《人生海海，素履之往》《白马少年，衣襟带花》《烟火温柔，人间雪白》等十余部图书。多篇文章被选为全国各地中学语文考试现代文阅读试题，作品《脸》入围《北京文学》2020年中国当代文学最新作品排行榜。

> 写作要点

文学赛事作品需要"精心设计"

写作本身应该是一件纯粹的事,像你在傍晚散步那样,应该是无目的而轻松的,是我们日常解压的一种方式。写什么不重要,只要是自己想写的,能让自己开心、放松就好。文学大赛写作或作品投稿,是具有目的性的,首先它有既定的读者,通常是资深的评审、编辑,他们一般会从我们作品的题材、语言美感、细节、技法、结构、思想深度等方面去考核,筛选出具有深刻含意的作品。这种写作无法随心所欲,通常是要"精心设计"的,要花许多力气。

> 写作现场一

第七届全国大学生野草文学奖散文组一等奖作品
脸

一

从清水中抽出脸来，在镜子前立定，坐好，闭上眼睛，想象此刻的自己正在换上别人的脸。

先在脸上抹开带着些许酒精气味的爽肤水，我如置身雨后的林场，紧绷的面颊瞬间变得清爽；之后乳液与皮肤开始接触，毛孔如同张开的小小嘴巴，很快就吸进黏稠的白色液体，脸蛋逐渐嫩滑起来；再涂一层保湿霜，由指腹绕着两腮往外旋转、抚摩，想象星球在面部的宇宙上温柔运转的轨迹。

做完这些，我睁开眼睛，往镜中看去，还是自己的那张脸，松了口气。姐姐站在一旁，说："这些仅仅是基础护理，神奇的事情在后面，不习惯就继续闭眼。"

一张脸，自己究竟要花多少精力去照看它？作为一个男生，在很长一段时间里，我从来没有思考过这个问题。今年寒假，自己一觉醒来，在窗边往外望去，大家都戴上了口罩。面对突如其来的疫情，作为一个普通的写作者，我也接受了出版社的要求，开始在线上宣传自己的图书作品。场地是家中的一处小角落，工具是一台手机，在5.8英寸的长方形屏幕里,我看到的仅是自己的脸,屏幕另一头正坐着一个个读者,他们以匿名的方式发送文字或表情,让我知道自己正在被观看。

二

也是过了很久,我才习惯自己像猎物那样被陌生的目光捕捉。

每次理发时,我都害怕师傅盯着我右侧的额头看。在刘海儿被剪刀咬开的一刹那,弯曲、扭捏、身长2.4厘米的伤疤就像蜈蚣一样爬了出来。下面是凸起的隆块,坚硬、突兀,像座山丘,矗立在我略显扁平的额头上。那是小学体育课上自己跟同学练习摔跤,一不留神被对方摔到石阶上留下的伤痕。我到现在时常会感觉到疼,并非来自伤口本身,而是由于被人注视。

当然,几次理发后,师傅已见怪不怪,再看到我额头上的疤也像是见到老熟人一样自然。我一紧张起来,他便跟我打趣,聊起他手臂上的一道伤疤。"以前当学徒时可大了,有回没注意被刚烧好的热水烫到了,你看,像不像一个纪念章盖在上面?"他一边说,一边停下手中的剪刀,捋起衣袖给我看。他笑着,仿佛那烫伤的手臂并不属于自己,目光那么温柔,仿若夜晚洒落的星光。

现在呢,只是面对手机屏幕,我却也显得慌张,恐惧的源头来自一种无法确定的陌生,在手机传输的信号那头,究竟坐着怎样的一群人,他们以怎样的目光围观我,是欣赏、是嘲讽,还是可怜我这样一个无奈露脸的写作者?我愣愣地盯着镜头。似乎少了点儿什么?心头总是有种不安,空落落的,像怎样都无法落地的脚掌,踩着辽阔的空。"是你自己。"姐姐说,"没有人愿意盯着一个素颜主播超过十秒。"她反复提醒我要学着保养和化妆。

"可我是男生啊!"我对她喊道,眉毛中间挤出一个"川"字,并做出拒绝的手势。这是从小生活的乡野环境及父辈那一代人的雄性面貌对我根深蒂固的影响：红面膛，短头发，发楂里夹着草木灰，一身黄土味、稻谷味，任汗滴从头上和身上朝着地上"吧嗒吧嗒"落。我的骨头、皮肉，还有意志都有来自雄壮山河的参照。"娘"是与"父"对立的，如同"女"跟"男"在性别上有清晰的界定，不容模糊与篡改。阴柔、妩媚、姣好这些形容词，在作为成年男性的我身上禁止出现。

"但这个时代不一样了！"姐姐有些生气地看着我，加重了说话的语气。

初中毕业后就跑向城市的她，同所有进入到潮流前线的年轻人一样，有着跟乡村永远敌对的审美认知。村庄是她幼时拿到的棉布鞋，耐脏的鞋面上没有多少花哨明艳的图案，硬邦邦的鞋底仿佛携带着村庄的历史和故事，她的生命无法承受这样的一种"重"。她要轻盈，要纤细，要光亮，要体面，要快乐，要商场、咖啡馆、牛排店，要健身房、美容院，要电梯、公交车、地铁、24小时便利店。而朴素、单调、落后、平凡、贫穷的故土只是她所面对的一间老屋了，所有的瓦片、房梁、墙面、房柱都挂着越发焦灼的灰烬味，散也散不去。

她轻叹了一口气，让我好好看看镜子里的自己。

我点点头，如风一吹树叶就动了动。

三

我平静地打量着映入瞳孔的男孩。他皮肤粗糙，面色暗淡，眼袋重，眼圈黑，嘴唇皲裂如旱地。这是我看到的村子里所有同龄男性的模样，毫无异常，他们都在遗忘自己的皮囊，迎接着岁月，迎接着跟父辈相像的明天。

"但你再瞧瞧他们……"姐姐用手点开手机上的照片，并将其不断放大。我瞥见一张张少年青春的面孔。他们与我生活中遇见的那些男孩相比，好像来自另外一个世界，那里灯火璀璨，每个角落似乎都挂满了华丽的衣裳，大家没有生活的痛感，也没有时间的压力，那一张张光亮帅气、没有丝毫褶皱的面孔就是最好的佐证。他们施着粉黛，画着眼线，涂着唇彩，双眼带着美瞳格外明亮有神，这些在如我这样的男生看来极其女性化的部分，似乎很自然地融入他们的身上。

"你看着他们会觉得不舒服吗？他们的粉丝可都是女孩子，女生对他们都没意见，喜欢得要命，你还觉得有问题吗？"姐姐仿佛在为我和她有差异的审美辩驳着，她一边说一边从她包里掏出各种工具，"都什么时代了，谁会单纯看你写的东西，你的脸很重要！来，坐好，头抬高点儿，看不惯就把眼睛闭上。"

姐姐在城里商场当服装导购员，长年累月地，她见过太多想法顽固的顾客，早已锻造出一套叫人无比信服的说辞。我竟然在她的话语下，像一只绵羊，闭上了眼睛，并在黑暗中期待着她会如同一个技艺精湛的魔术师那样，让我看到一个新世界。

四

记得第一次听到"保养"这个词，是在高二下学期。

一次周末晚自习，我先到教室，随后听见后边来的女生发出一阵清脆的声音，我悄悄转过头看了一眼，一个女生对另一个女生说："你都十八岁了，怎么还不懂得保养？"被问的女生摸了一下自己的脸，低下头来，随即又抬起头，面向那个精心打扮的女生，眼中发出渴望的光芒。

当青春不再繁盛的时候，我们开始通过各种方法延缓它的流逝。许多人选择化妆，因为它最有效果，能瞬间让人光鲜亮丽，仿佛回到昨日。

"好了！"随着如画师一般的姐姐停下手中的眉笔，我睁开眼睛，看见镜子里的少年如此陌生。他的皮肤白皙粉嫩，眉毛如剑，又显浓茂，二十七岁的自己又变回十七岁的模样，我问姐姐："这真的是我吗？"她得意地点点头，用手轻轻整理我额前的刘海儿，漫不经心地说："你会喜欢上这种感觉的。"

在她那里，我开始认识一些新词语，如同发现一个个新大陆，譬如"眼霜""乳液""海绵蛋""角质"……在这之前，我或许听过它们，但并不知道它们的实际模样。对像我这种没有碰过化妆品的男生来说，它们曾遥远得像我永远无法登陆的岛屿。姐姐像个老师，不断细心地把存放在她世界里的词语教给我，末了还不忘交代："你需要学会做这件事，有时间就自己练习，不难的。"

而我一直是个非常笨拙的人，对于化妆这件事，始终没有学会。姐姐呢，本想让我好好学到这个在当下她觉得跟开车一样寻常的技能，她帮我联系了一家形象设计公司，其实是一家小店，在市区里，离村子还有些远，但因为去年村口通了公交车，市区似乎也就离村子不远了。

慢慢地，村子也像一张正被焦躁世界改造的脸，大刀阔斧，自然的面容在淡去，人工的凿痕比比皆是。农田被填土、推平，那些果蔬草木——大地肌肤上的汗毛——都成了灰，工厂、商品房海市蜃楼般冒出，在昨日尚还荒芜的大地上探出现代都市的脑袋。

但即便这样，村庄始终无法跟城市的那张高级脸相比，跑向城里的人反而越来越多，面容畸形的乡村在日光下显得空荡荡了，枯枝败叶上积了一层厚厚的水泥灰。

这是一张洗也洗不干净的脸了。

五

说到这家形象设计公司，兴许是店租便宜的缘故，它开在城市的老街上，新潮的店面装潢跟周围一排老房子格格不入，店名叫"巴黎春天"。它就像偶然闯入养老院中的一个特立独行的年轻人。

我走进"巴黎春天"，不做其他项目，仅仅是在里面化妆。多去了几次，就跟店里的化妆师熟悉了。

她扎着马尾，化淡妆，隐约还能看见眼睑的脂肪粒和额头的痘印，戴着蓝色口罩，一身牛仔工装。每当坐在她跟前，我就觉得自己像个流水线上的产品，她按照习惯的步骤熟稔地塑造我的面容，起初可能是因为疫情还未解除，也可能是她性格的原因，她并不跟人聊天，唯一能与人沟通的只是一双常显倦怠的眼睛。去过两次以后，相对熟悉了点儿，我才发现她挺爱说话。

她问我化妆的目的，我说是为了做直播。她说疫情期间，主播带货的生意倒是红火得不行。我说我是为了宣传书，她笑了一下，说少见。顺便她指了指左手边的一个过道，说："那里可能适合你，租一个小间，化好妆就可以过去直播，拍摄的、打光的设备都有，隔音效果也还行。噢，要是播的时间过长，妆花了，还能立马过来补妆。"

被她一说，我便起身，好奇地往过道走去。过道曲曲折折，穿过一个照相布景的屏风，会看到两旁有很多小房间，很密很深，无论白天黑夜都需要开灯。我像走进一个迷宫一样，有一个房间正好半开着门，空空的四壁，那些留着油渍、烟灰的桌子像终年躺在这里的浪人，桌上的手机支架、音响、茶杯、护肤液的瓶子仿佛放了很久，位置从来没有改变过。四周散发一股浓郁的、沉闷的气息，从房间一直弥漫到过道上，像是密林中永远无法驱散的雾气，也像是一些人停滞在此的命运。尘埃起起伏伏，见证着人们在这个狭小世界每天往来的身影。

"以前人不多的，现在每天，尤其是夜里都能租满，唱唱跳跳，哭哭闹闹，什么样的直播方式都有，就为了赚钱。你不来一间吗？"她这时又像个销售员在跟我说话。被我摆摆手婉拒后，她嘴边嘟囔了一句："这年头，实体生意真的越来越不好做了。改天我可能也要去当主播了。"

"带货吗？"我问。

她答道:"教人化妆。"

我们不约而同地笑了起来。

六

人逐渐迷恋化妆,很大原因是妆容有时如同面具,我们躲在后面,可以不用暴露自我真实脆弱的部分,言行举止也可以换成一种陌生却想尝试的风格,久而久之,逃离自我,自己就成了别人,不必在乎过多目光,不必承担太多责任。

某一次她撩开我的刘海儿,看到我额头上的疤痕,略显惊讶后说:"可惜了。"我"扑哧"一笑,回她一句:"没事的,都习惯了。"

她忙补了句:"我也习惯了,来化妆的,脸上基本都有问题。"

我突然睁大眼睛通过镜子看她,她收到信号,知道我很好奇,便开始讲第一个故事。

"前天来了个女孩,给她上妆的时候,发现她戴的是假发,我往她额头抹粉底的时候,看到很多伤疤,就像蜈蚣那样趴在那里,我迟疑了一会儿,手都不利索了。"她说时目光里仍带着恐惧。

"她那会儿也知道你在看她吧,她是不是很难受?"我问。

"没有,女孩很淡然的,跟我说她上个月出了车祸,比较严重的那种,头都快撞坏了,以为自己要死了,后来抢救过来,头上缝合了数不清的伤口,她在病房待了很久才适应了镜子中的自己,因为见到了医院里太多的死亡,就觉得老天对她还算好。出院后,就想好好生活,过来化个妆继续去学校上学。"她一边解释,一边蘸着眉粉往我眉上描,话一说完,两边的眉毛已经清朗俊秀,节奏控制得近乎完美。

而我还在想该怎样评价故事里的女孩,坚强、勇敢、乐观,似乎所有人面对这样的人物素材都能想到的词,我却想藏起来,脱口而出的是:"真是个有意思的人。"

"可不是。"她没有太多笑容，回了一句，随后对着镜子里的我说，"还满意吗？"

我腼腆一笑，面颊不知不觉羞红起来。

她说每天都有很多人出入影楼、化妆间，有经常熬夜而面色憔悴的大龄女性，为了相亲来这里获得一种新形象；有上了岁数的阿姨，试图在粉底的覆盖下重新找到年轻时的感觉；也有要参加各种求职面试的青年，想在这里拥有自信的笑容……为了让别人喜欢自己，太多人都在这里改变自己，真实与虚假不再是他们考虑的内容，多数人只是想得到一种认可。这样的"认可"可以是一句赞美，也可以是嘴角浮现的笑意，甚至仅是一道温柔却稍纵即逝的目光，这些常构成他们活着的资本或意义。它们仿佛被倾倒在人生纸面上的水墨，会从第一页一直渗到此后的许多页，谁想要真正摆脱，已不太容易。

七

我凝视镜中的自己，暗淡、粗糙的皮肤在水、乳、霜及粉底的涂抹下变得白嫩、细腻、光滑，过往的青春似乎通过镜面返回，紧闭的双眼和嘴唇张开，显示出一种奇异的神情，不得不佩服化妆师的"妙手回春"。

身体是一部私人史，而脸面通常是其中公开的部分，每个人都珍视其裸露在众人面前的机会。五官、肤色藏着我们的身份，在乡野和城市两种环境下分别成长起来的个体于此方面显然不同，旁人一眼便能瞧出，这是后天很难遮掩的部分，但有人仍想努力掩盖人生的来路，而获得一种高贵。

人们都喜欢鲜明的面孔和身体。浓密的眉毛，刀锋般的眉形，白皙的肤色，莹亮的瞳孔，擦着腮红的两颊，两侧涂抹阴影的鼻梁，樱桃色流光的唇彩。我们观看这些，色彩与面容的冲击，掩盖了之外的细节，意识远离事物本身的真相。越来越多的眼睛沉沦于颜色与形式的泥沼，无法瞥见真相、寻找真相，在异常魅惑的时代，逐渐失明。

读过蒲松龄的《聊斋志异》，其中《画皮》一章及其衍生的故事改编文本，无不在探讨人与皮相的关系。从古至今，无人能够经受住外在世界的诱惑。妖精抓住人性当中的这一弱点，施以魅计，世间男儿皆被引入陷阱。

八

"但不是所有的人都是来化妆的。"

她偶尔跟我说起一些特别的人，他们平日里承受了太多脸上的脂粉和别人的目光，来这里或许只是为了躺一会儿。她帮他们卸妆，在这不被太多人关注的角落里，会看见这些真实的生命，他们的身体都会在蘸满卸妆液的化妆棉拂过面颊后微颤，镜子里逐渐显现出另一张脸，皱纹、斑点、疙瘩、疤痕……时间对人的残酷在那一刻淋漓体现，谁也没有被它轻饶。

"有个女孩，本身很水灵，但因为工作需要，时常化妆。有一天她来我们店里，我给她卸妆，当她在镜子前看到自己原本的面容时，瞬间哭了，说：'真累啊，这样的生活！'"她在最后一句话上加强了语气，之后又继续轻柔地说道："我是理解的，我每天也要化妆来上班，即使是淡妆，但还是嫌麻烦。你们男孩都不知道我们花在一张脸上的成本有多高，伤害又有多大。经常化妆，脸会受到化妆品的摧残，变得暗沉粗糙……"

她絮絮叨叨地聊起来，说着别人，又像在说自己。我期待她会跟我说更多关于她自己的部分，除了工作以外的生活，她的丈夫、孩子，或者她的原生家庭，我乐意去倾听所有家庭的故事，作为一种参照和提醒，从中来找寻自己家的记忆。但她每次都能控制和客户聊天的范围，不逾越分毫到自己的私人生活里。

九

我到现在，仍只是记住她晃动的马尾、眼睑的脂肪粒、额头的痘印，以及蓝色口罩上面的眼睛。很多时候，我甚至觉得她跟我说的那些话都是从这双眼睛里传出来的。

众多血丝游弋于她的眼白，眼珠似乎覆盖着一层灰色的薄膜，她也懒得将其转动，看我时，眼神显得冷静而无意图。这是她身上无法用粉底遮盖的地方，极其真实地表达着她的疲倦、木然，好像对这世界、对这生活，没有爱，也没有恨。直到现在，我都不知道她的名字。

但我对人的外表与内在的深刻理解，却很大程度上是来源于她一次一次为我化妆的时刻。这是非常奇妙的事情，她提醒我，也带给我思考。我仿佛透过她看到了她所接触到的那些人，为皮囊、为欲望愁苦的一批人，他们分散于这个社会的各个角落，因现实境遇而共同抵达这里，在镜中与镜外世界里更换表情、身份和命运的路径。过去和此刻在这里，虚假和真实在这里，赞叹和唏嘘在这里，一个时代的悲欢在这里。

完美在人身上是一个不存在的评价用语，谁都有或大或小的缺陷，来自天生或者后来的环境。化妆给他们带来皮相上短暂的完美之感，你可以说那是他们的错觉，一切都会在卸妆后回到之前的生活，但他们享受这些须臾的错觉。

他们可以靠着这张脸，继续在生活炫目的舞池中跳着探戈，由衷地欢笑。

 授课一

利用散文的"自由性"去书写当下时代

当下,我们进入了一个"颜值时代","什么都要看脸"成了人们时常谈论的话题。我借由散文这个比较自由的文体去探讨这一现象,从中呈现"一张脸"背后所承载的私密性的东西:身份、怕老、供人目光捕获或消费……从中瞥见这个时代多元的人性。题材来自疫情期间做图书直播需要化妆的经历,面对化妆品,面对镜子,也面对自己,去思索"表象与实质"的问题。技法上主要是突破传统散文的记叙、抒情,转而采用类似"访谈"的形式,通过和一个化妆师的交谈,来谈及对方日常所接触的群像:因意外导致毁容的女生、想体验年轻的中年女性、生活压力太大的职场女性……进而带出整个社会表现在"一张脸"上的种种现象,让人读完感觉自己也在文学的现场,也跟随作者去思考,去发现普通生活中深层次的部分,唤醒自己的表达欲、写作欲。

写作现场二

第十七届全国新概念作文大赛现场复赛一等奖作品
换季

> 无论季节如何流逝、更替,这个世界上总是有人生病。
>
> ——题记

一

挖土机在春天取代燕子呢喃,发出轰鸣声响,推倒乡村的五官。

活在昨日的田野、山林和果实皆已去世,它们葬于废墟底下,亲人呼喊着它们的名字。

他坐在昏暗的瓦房里,陪一盏濒临失明的钨丝灯猜度彼此死亡的期限。墙上的裂缝绘制出丛生的纹络,模拟他脸上的河谷。他身形渐瘦,如竹扦,剔着暗夜的余烬。

他叹息、咳嗽。在风湿的双腿中,骨髓被时间的蛀虫分食。他用粗劣的尼古丁填埋,痛,仍旧痛着。

在这春天,在这永不再来的夜晚,隐去的星群是大地所有过去集合起来的告别,月球是短路的吊灯、一个关闭的路口。

他的年龄、姓氏、祖籍跟烟灰一起撒在发黄的纸面上,一个火星燃起,烧了。

一粒豆子在水泥中关上最后的门，凝固，成为一桩缄默的故事。迟归的群鸟把家园背在身上，口音被强行安在远方的树梢上。破败的小屋，摇摇晃晃，像一枚果实，要落了。

他爱万物，如自己的子嗣。如今，村庄在咳血，灵魂被驱赶，安宁被打碎，孤独和流亡淹没大地，夺走他发声的喉咙和要崩塌的家。

他老了，同所有老人一道，被遗忘，被抛弃。

他捡拾儿女离开村庄那天决绝的目光，怀念妻子按在自己风湿双腿上的那双手。春寒料峭，他不停抽搐，像一头即刻被时间屠杀的牲畜。

放眼四下，空荡荡的家，寂寞回声响亮。他贴满膏药，握紧睡眠，一个艰难的翻身，白色的动静，只有风知道。

夜是倒空真相的麻袋。

他睁开眼又闭上眼，似已服从来自暗处的口令。

转瞬即逝的灯火，无法回来的昨天，风带走一切。万物归于一截截空白。

他像一个停摆的挂钟，骨头被岁月梳坏。

夜是一个巨大的胃，正消化着他。

二

太阳作为暴君，吸取他体内的海。

他置身高处，却仍旧没有改变自己的身份。

脚手架紧紧与他相连，仿佛一对孪生兄弟。

天空万里无云也不蔚蓝，灰溜溜的，像落满尘埃的白色桌面，并作为他生存的背景，时刻提醒他的渺小：出卖体力，不被记住的名字，一张薄薄的暂居证。

护城河保持病态的抒情，钢筋水泥和绳索发挥物件的属性，不带同情成分。他不断上升下降，不断靠近光辉又被光辉疏远，在失语的地盘上努力寻找流浪的喉咙和人形,未果,无法确认自己的存在。

他想起故乡,一个此刻只能作为风背在身上的地方。盛夏如火的凤凰花,跟天边的火烧云一样瑰丽,印在节气谱上:芒种、小暑、大暑……

日月星辰像虚假的布景罩在他头顶,出租车撅着屁股放出一路尾气,卫星城区如地雷埋在四方,地平线被倾倒在更远的地方。

城市被改造成一座座迷宫,扬起火葬场上空的灰烬。

故乡,千里万里外出生的地方,泥土与稻香遍布的故乡,无数等候和牵挂的故乡,他的或别人的故乡,此刻,正像一匹匹马倒下。

他的眼睛被突然袭来的风沙吹疼,急忙降落地面。

在学校受气的儿子跑到工地,嘟囔一句:"吃了十几年这个城市的老冰棍儿,为什么还是不能成为这个城市的主人……"

他隐忍许久,眼眶瞬间红了。手一抹,望望远方,没有回去的路。

故乡是一方废弃的旧址,乡愁是他一生的病。

三

时间垂钓完睡眠的鱼群,他醒来,自动进入城市的节奏:

牙刷与牙齿的问候,剃须刀和胡子的战斗。他如机器,吞完桌上的牛奶、面包,匆匆出门,更大的空倒在社会的餐盘中。

中年女人涌入超市,喧嚣的空间像剧烈抖动的蚊蝇腹部。公交车仿佛时间推来的棺木,被无数双脚踏出未来的裂缝。

在城市深藏的脉络里,地铁是一串流脓的伤口,在指定的时间吐出浓稠的黏液,流淌到地面,绽放出黑色花朵。

人们穿长袖、围围脖,携带手机、菜篮、书包、公文包,冲向车站、地铁站、码头和机场。

他混迹其中,抖光烟蒂上的灰,出卖指纹和笑容,挤进电梯来到高大积木的顶部，站在一个角落里端正衣领、摆弄发型。镜子是一个哑巴，看着一个傻瓜。

他迈进一扇灰色的门，开始提线木偶的演出：

思维被文件绑架，四肢被领导租用，脊背被椅子奴役。

电脑显示屏像巨大的机关枪口，对他扫射。他呆滞得如一头骆驼。

落地窗外，飞机笨拙掠过，两边机翼像刀子割过他的腋下，他感受不到疼痛。

积木底下，割草机"轰隆隆"地踏过的草地，如容易感冒的儿童裸露的黑色头皮。

夕阳憋红脸，坠落的那一刻，车胎泄气，天黑下来。

公交车站在那儿，红绿灯在那儿，地铁站在那儿，安检输送带在那儿，日渐深邃的秋天在那儿。

穿过太多大楼、街巷，经历太多盖章、刷卡、寻找无线信号，他渐渐丢失自己的面孔，丧失自己的身体。

他是穿着皮囊的机器、数据、纸片，被时间挖出一个又一个的洞，埋进一个又一个的炸弹：

"嘀嗒——"

"嘀嗒——"

四

超声波、X光像蜘蛛布下隐匿的网。

她盯着墙面、天花板，选择一种绝望的姿势躺下，想象自己被放置于烧烤架上，被各种光源当成一块弃肉炙烤。

子母无影灯亮起，三号、四号、七号手术刀，游刃有余地进入她的身体。

她像是被取走信仰，毫无痛感。

麻醉中,有另外一种耳朵能听见医院里轮子推移的声响,积累的路程略等于从生到死的长度。

某种情绪像心电监护仪呈现的图形,上下颠簸后被时间拉成一条将到站的水平线。

病房静谧,今天或昨天一张张脸滞留下的苍白,不断加厚墙体。

她和疼痛一并躺下,梦境中,许许多多带着裂纹的镜面,是一个一个的她,狂抓着头发,狂抓着已经无法再来的日子,一切都在垂落,并以园中草木枯竭的根须作为警示。

北风从窗外闯进,扫荡着病房。

冬雷一声巨响,像爆破的热水壶,她在废弃的水银里窥见自己无法修复的伤痕,如壑,似谷。

"轰——"

她惊醒,她抹掉脸上那颗巨大的眼泪,医院沉默无声,没有一个人看她,世界都空了。

她终于撑不住了,她灭火似的使劲哭着。

授课二

通过不同季节的"病人"来看待当下我们生活中要面对的一些问题：城镇化进程中农村的消失、进城务工人员的身份处境、城市压力带给人们逐渐机械的精神状态、女性身体受到的痛苦。这是在新概念作文大赛现场写的复赛文，考虑到有时间要求，便采用散文诗的文体来书写。这篇文章运用了大量陌生化的比喻、拟人、象征手法，例如："活在昨日的田野、山林和果实皆已去世，它们葬于废墟底下，亲人呼喊着它们的名字""夜是一个巨大的胃，正消化着他""喧嚣的空间像剧烈抖动的蚊蝇腹部"等，使阅卷之人知道写作者独特的观察力、感受力。加上生活现场的细节描摹，使得诗意的文风、深刻的思想内涵区别于他人的文本，能在赛场众多篇章中让评审老师眼前一亮，留下印象。

课后学习书单

1. 余华著：《许三观卖血记》，北京十月文艺出版社，2017年。
2. 梁鸿著：《中国在梁庄》，台海出版社，2020年。
3. 西川编，海子著：《海子诗全集》，作家出版社，2009年。
4. [瑞典]托马斯·特朗斯特罗姆著：《沉石与火舌：特朗斯特罗姆诗全集》，李笠译，南京大学出版社，2020年。
5. [美]约翰·威廉斯著：《奥古斯都》，郑远涛译，上海人民出版社，2018年。

萧信维的写作课

- 写作要点
- 写作现场
- 授课
- 课后学习书单

文学冠军简介：萧信维，1997年生，青年作家，台北教育大学语文创作学系硕士。曾获第四十四届台北文学年金奖、2017年台湾教育部门文艺创作奖小说首奖、第三十五届台湾大学院校中兴湖文学奖散文首奖、第三十三届全球华文学生文学奖小说首奖、第十二届台积电青年学生文学奖等奖项。

写作要点

立意写作之前,平衡评审与自己的风格

在创作文学大赛作品的时候,我总是更注重技巧,注重语言的铺排,注重结构的稳定,妥善安排,意在言外。我也会注意读者的反应,在文学大赛中评审老师是极度高明的读者。我不认为揣摩他们的口味有违"内心的道德",因为我清楚地知道文学奖是对技艺的考验,是文学道途的通行证。获文学奖的作品并不代表是最好的,只代表被一种美学品位所肯定,没有获得奖项也没什么,因为作品借此机会能被更多人看到。

当然这不是最好的写作状态,最好的或许是满足一部分的自己,也满足一部分的读者,给他们一张桌子,上面放些饮料、饼干,他们会自己协商。

忘了在哪里听到的忠告:从文学奖出发,然后离开。

写作现场

第三十三届全球华文学生文学奖小说首奖
若鱼

入水。轻轻地摆动腰部,手向后推,推到底。浮出水面,吸气,吸气,吸气。他突然有点儿紧张,双手压水将自己推离水面。背脊暴露在空气里,浅浅地吸一口后再度返回水底。

"手心内缩,你知道吧,像碗一样才能盛水。"推,拉。推,拉。推,向后推,每一次推水他都想到教练的脸。"拉,手臂从腿侧重新拉回身体前方。"出水的那一刻,他的手臂推冲如水中捕鱼的鸟。"要快,更快。""手推到底才能前进。""对,这样很好。"

推,拉。推,拉。呼吸,吐气。

游泳池左前方有两个女生笑笑闹闹,她们不像是来游泳的,反倒像是来戏水的,她们时而潜在水里,时而浮在水面,双手互相泼洒出一阵阵的水花。右前方那个大概十岁的孩子也是,不断用手在平静的水面上打出水花,一波一波的。

打水的小孩突然哭了起来说要回家,全身涂满防晒油的丰腴太太赶忙上前,一把捞起湿淋淋的孩子,拉下本来披在她阔肩上的大毛巾,把孩子全身上下包紧。"我要回家家!我要回家家!"孩子喊着。"好,好,我们回家家,我们回家家。"太太答着。

"什么时候有人带我回家……"他想。他已经等了很久了。还记得他小学四年级的时候站在校门口一直等一直等,戏剧性的雨天,等了整整一个小时,没等到雨停。警卫室的伯伯说可以借电话给他,但他没有打,因为他知道她不接不认识的来电。他只能自己回家。湿淋淋的书包,湿淋淋的衣服、鞋子,只有眼睛是干的。她看他站在玄关,不知所措,扔了一条小毛巾给他,说了那天的第一句话也是最后一句话:"别弄湿了。"

他现在可以自己回家,可是他找不到他的衣服啊。多难为情。

升小学的时候因为爱盯着自己的手看,又爱把课本堆得整整齐齐却不翻阅。老师觉得这孩子一定有问题,"妈妈,你看孩子只爱一个人玩,叫他也不理,这……"老师有些无奈地看着她。"小孩一向乖巧,可能是刚升小学一时适应不了,还请老师……多麻烦老师了。"她答道。"是,是,教育是我的专业……"老师回道。

因为老师的话,他被抓去医院做了各种检查,医生一会儿拿给他各种玩具,一会儿又拿几本儿童书要他朗读,"小红帽""牙仙子"的故事他在幼儿园的时候就已经不知听他妈妈讲了多少遍,讲来讲去也就那几个。他读得抑扬顿挫,虽然他并不想理医生,但还是要做做样子。"小孩还算正常啊。"医生继续说,"只需要多多关心一下他的身心健康。"那时他才上小学一年级,哪懂什么是身心。只见她猛点头。

后来他被迫学习游泳,他训练的是竞技游泳,但他游得一点儿都不快,可他水性极好,水里的每个转身、划水,绝不拖泥带水。教练都称赞他的蝶泳游得像海豚一样。"顺极了!顺极了!你看他的腰摆动的时候,每一下都能带动他的腿,最后扎实地落在水里。同学们看清楚了?下水!"教练对其他学员说道。

每天都要游泳,每天都是湿淋淋的,据说运动有助于身心健康,可以让人变得活泼一点儿。别人练了没多久全身都逐渐结实,只有他还是四肢细瘦模样，倒是肚子微微地突起，像是胀气。"哈哈哈，你的身体好搞笑。"旁边一个与他同为三年级的同学说道，挺胸凸肚，模仿他那胀起的肚子。从小到大他都不曾是班上最高大的那一个，虽说小时候大家的差距都不大，但可能因为长期练游泳，频繁从跳台跃下伤了筋骨，气血淤积百揉不散，上中学的时候，他已是全班最矮的男生。

"哎，放学去不去吃冰啊？"同学们一开始也会问他，但他拒绝几次后就没人再问了。

班上的每个人都有绰号，学期中英语老师休假，换了个年轻的老师，为了尽快认识同学，他开口说起了同学的绰号。

"我叫小傅。"

"你明明就是小白目。"

"小白目！小白目！小白目！"同学们起哄的声音越来越大。

"我是张朗。"

"是蟑螂好不好，发音清楚点儿，哈哈哈。"

快到他了，他还没想出绰号。

"28号！"老师点到他了。

他颤颤巍巍地站了起来，"我……我是……"

斜后方的同学问张朗："咦，他叫什么名字啊？"

"啊，他叫什么名字啊？"

他平常不爱说话，但他没想到连同学都忘了他的名字。虽说有一次在医院拿药，护士念到他名字的时候他也是愣了一下。这是我的名字？他呆呆地看着医保卡。别人说名字是父母给儿女的第一个礼物，他也是这么觉得，但他看着自己的名字，也不知是怎么个意思。护士又唤了一次。

那里是他的小小天地。他在忧郁的时候搅搅水面掀起波澜，开心的时候撒点儿鱼饲料，波平浪静的时候也只是悄悄地盯着金鱼。说是金鱼，事实上只是夜市里捞来的那种"朱文锦"。小的时候他最爱捞金鱼，妈妈也常带他去。虽然说这种鱼多病也死得快，但补货的时间快速到可以无缝衔接，因此家里一直是有鱼的。直到后来妈妈病了，他就再也没去过夜市了。

后来水族馆里买来的那些，比较不活泼，但可以活很久。一条一条被养得体长肥大。他盯着鱼，而鱼的嘴巴开合开合，吐出了一个又一个泡泡，大小跟刚刚摇动饲料罐落下的颗粒相同。他轻巧地拿起地上的树叶，蹲在地上，看着那缸驯养已久的鱼，伸出手，用枯叶点了点水面。

鱼洋洋洒洒地翻身走了。

他一向觉得鱼是神奇的生物，打开鱼鳃让水流过，就可以攫获氧气，他曾经潜到水底，吐出肺里所有的空气，想象自己也有鱼鳃，一开一合，一开一合，当然最后受不了本能，张开了嘴，呛水。

呛水也真的难受，主要是鼻子，充斥着游泳池的氯味，又腥又冲。

偶尔他也会想象自己被包裹在水晶球里，哪个无事的人随意晃晃荡荡、摇摇摆摆，于是他的世界就重新堆砌，或是又下雪了。银白色的小颗粒在液体里缓缓落下，悬在脚边堆积着，像是坠落的雾。外面的人说声真美，里面的人又抖抖手脚，振振衣裳，重新开始。

但现实中没有重新开始，也不会有人真的无聊到随意伸手倾覆谁的生活，只是冷眼旁观，冷冷的，像一条鱼的眼睛，在水底一眨不眨的，看着灾难祸福，就这样像水一样流泻过去。不为什么，这世界的流言蜚语与恶意太多，耳背后的清凉水流攀附过凹陷凸起，就是这样流泻过去。

所以人们说他像鱼，不只因为他在水里，更是因为他在黑暗中那荫翳的眼光，冷冷的，有人说他是冷血动物，他莫名地觉得欣喜，他明白自己不会被这些如开水般的流言蜚语烫伤。他躲避阳光、躲避风暴，把自己打包在角落里，妈妈病了以后，就没再打开过。就像冰箱里那些放了很久的剩菜，只要封存的保鲜膜还在，就是一副完好模样，谁都不知道碗里发生了什么样的化学变化。妈妈早就不煮饭了。鱼在饲料旁吐出泡泡。

他也爱泡泡，不是那种在阳光下五彩斑斓、易碎易破、带着香气的，而是包装在各种产品上的气泡纸，空气被封装在里面，捏一下就破裂而出。他总是收集它们，一个一个圆圆的小气泡，他疯狂捏着气泡，一点儿都不累。

一次他在模仿鱼的时候（教练让他们模仿鱼，以此减少水中的阻力），他发现少了泡泡，不会吐泡泡的不是鱼。要学鱼，得到水里去，要做有鳃会吐气泡的鱼。

推，拉。推，拉。呼吸，吐气。

妈妈的病不是一两天生出来的，医生说是积劳成疾。当母亲说爱、母爱、付出、回报等字眼时，她眼睛里的泪水"哗啦啦"地流下来，他好奇地伸手，和游泳池里冰冷的水不同，一滴温热的泪珠落在他小小的手心上。

他也是后来才意识到那是母亲最后一次哭了，他对人的哭泣向来没有太大的感觉，他从来没哭过，是那天眼睛太干，点了人工泪液才想到，原来家里人的眼泪这么少。整个家在母亲病倒后显得巨大而空洞，但他是没什么感觉的，墙壁上的画还是画，玻璃花瓶里的玫瑰从新鲜到干燥，不过只是水分消失而已。

他一直在偷懒，把心事收藏起来，在游泳池里不停地游下去。

推，拉。推，拉。呼吸，吐气。

所有人都回家了，只有他还在游泳池里。他想象自己是鱼，是一条鱼，一条在水里吐着泡泡，没人可以找到的鱼。

一、二、三、四、五……

"小气鬼……喝凉水……掉到水沟里……没人来救你……"

"真的没人来救我。"他想。他不知道为什么自己的耳朵里会不停地响起这几句话，大概这是下水前听到的最后一句话吧。这是顺口溜吗？同学说的时候很顺口。他想，他不过是在同学向他借笔的时候一言不发，低着头，手中握着铅笔盒，指关节隐隐泛白。

老师和同学们说我是自闭的。自闭是什么？是停止自己的呼吸，关上脑中的开关，不让其他人强行踏入吗？还是自己把自己的心事默默隐藏起来？

算了，不想了，我只想做一条鱼，自由地吐泡泡。

冰凉的水掠过耳后，攀升过背脊，流过大腿，在脚趾缝间溜走，有一种舒坦的感觉，终于能再次在水里放松摆动、随意漂浮，真好。

 授课

回看自身的故事，以某个特殊点开启创作

　　小学有段时间极为好动，又爱说话，被爸妈送去体育班待了四年，主修游泳。游泳大概是最安静的运动了，一入水，外面传来的声音都朦朦胧胧的，没人会在游泳的时候发出声音。游泳时，仿佛整个游泳池里只有自己，仔细地雕琢每一个动作，划手，踢水，向前游去。

　　划手，踢水。想一些无聊琐事。有时候偷懒想少游两趟，就蹲在水里不被教练发现，同学们列队游过，溅起的水花散射阳光，从水底望上去像碎掉的明亮珠串，一颗颗从空中掉落融在水里，在池底留下美丽的波动的光纹。我在水底看着，安安静静地看着。

　　《若鱼》是我高中的作品，在故事中我想呈现的，是这样一个在游泳池底历经转化过程的小孩，成长的过程中难免会有不被理解的孤独与凄凉，我很幸运地把那些作为我的养分，脱水而出。

课后学习书单

1. [法]伊夫·博纳富瓦著：《词语的诱惑与真实》，陈力川译，译林出版社，2019年。
2. [法]克洛德·列维-斯特劳斯著：《忧郁的热带》，王志明译，中国人民大学出版社，2009年。
3. 萧红著：《呼兰河传》，台海出版社，2017年。

吴文星的写作课

- 写作要点
- 写作现场
- 授课
- 课后学习书单

文学冠军简介：吴文星，1994年生于江西赣州，青年作家、编辑。曾获第六届全球华文青年文学奖散文组冠军、第五届全国大学生野草文学奖散文组一等奖等奖项。作品发表于《诗刊》《星火》《中华文学》等期刊。

 写作要点

写自己想写的主题

　　青年学生时代的文学竞赛是比较友好的,它体现出社会对高校文学青年的包容与鼓励,也让我那些稚气未脱的文字有机会得到展示。因为我参加的都是一些"非命题"的文学竞赛,因此写的都是自己想写的主题,所以便以日常状态在写作。当然,文学大赛的目的性还是比较强的,文学大赛如果是短途竞跑,那长时间的日常写作估计就是马拉松了。文学大赛比拼的是爆发力与技巧性,评委一锤定音,文学大赛的胜负或许包含稍强的主观性;日常写作则更考验耐力与韧性,职业写作的作者,他们的作品,只能交给漫长的时间和更广泛的读者去检验。把日常写作当成一种职业需要勇气,如果你想坚持,那就挖掘自己真正喜欢的话题,并且学着驾驭好它。

> 写作现场

第六届全球华文青年文学奖散文组冠军作品
喊惊

> 魂兮归来！入修门些。工祝招君,背行先些。
> 秦篝齐缕,郑绵络些。招具该备,永啸呼些。
> ——《楚辞·招魂》

一

"狗娃儿,唔惊唔吓呵,在哪东南西北吓着哩来归困觉了,狗娃哎,来归困觉了,在哪沟儿坎儿、山里坳里跌了撞了,吓着哩来归困觉了……社公老太各路菩萨佛祖保佑我家狗娃平平安安、脚踏四方、方方顺步,石头都不会绊倒一次呵,床公床母呵,保佑我家狗娃吃得困得,一觉困到大天光呵。"傍晚时分,外祖母靠门站着,手持三炷线香,引颈西望,对着即将沉下来的茫茫夜色,高声呼喊,喊声由低到高,悠扬苍茫,邈远空蒙,一阵一阵,似徐徐吹过的晚风,越过田野,穿过村庄,攀上远处黛色的山脉,纷纷扬扬,浩浩荡荡,漫浸在寂静如水的夜色中。

打记事起,每当我精神萎靡,吃不下饭,露出一副病恹恹的样子,外祖母必说我是受了惊吓,要为我喊惊招魂。说来也奇怪,只要经外祖母这么一喊,第二天我就能活蹦乱跳,恢复如初,"病"就这样神奇地祛除了。这远比打针吃药看医生来得管用。母亲不会喊惊,遇到这种情况,往往把我送到诊所看病打针,或是带回一大堆西药让我吃,折腾好几天,也不见什么起色,就算有效果也来得慢,远不及外祖母的"偏方"效果好。至今我也不能以科学的角度来解释这"偏方"的奇效。总之,外祖母在我眼中一直都有一种神祇般的光环。我知道的是,每当我丢了魂的时候,外祖母一声声熟悉而悠扬的喊惊声又会把我招回家。

记忆中,村子里会喊惊这门"手艺"的人并不多,外祖母并非神婆,但喊惊是她的"专利"。据外祖母说,喊惊分为两种:一种情况是在受惊者被吓的路口喊惊;另一种情况是受惊者已记不清被吓的具体地点,那么也可以在自家门前喊。家乡的喊惊一般就这两种,但据说广东惠州地区却分路口喊惊、求神喊惊、设坛喊惊三种,形式也和外祖母口中的略有不同。就我所看见的,喊惊并不简单,可以说是程序繁杂,毕竟,要把丢了的魂给找回来,马虎不得。

在喊惊之前,要确定你是不是受了惊吓,以及施吓者的身份,即"查症",外祖母的话是:有的是阴人吓的,有的是活人或者动物吓的。外祖母往往会把酒饼(农村用来酿制烧酒的一种白色饼状的酵母)和黄栀子(栀子树的果实,成熟后呈橘黄色)用布包住捣烂,敷在手心,不断擦拭。用外祖母的话说,男左女右,待擦到大鱼际处开始泛青时,外祖母便能根据手掌的纹路大概推出受吓者受惊的地点和施吓者的身份,完成这一步,就算是"确诊"了。接下来就要做好喊惊的准备,路口喊惊的话,需要准备好香烛、纸钱、元宝,虔诚者还备有"三牲"和"水饭"。傍晚时分,外祖母便带着这些供品来到受吓者受惊的三岔路口,点燃香烛,焚完纸钱、元宝,把供品摆好后,就开始向着空蒙的夜色高声呼喊:某某哎,唔惊唔吓呵,在哪东南西北吓着哩来归困觉了……这样把喊词喊上七遍,喊一句就在路边拾一个小石子,拾够七个就可回家。把这些小石子压到受吓者的枕头底下,并在枕头上拍三下,念一遍"床公床母呵,保佑某某吃得困得,一觉困到大天光呵"就算完成了整个喊惊仪式,受吓者丢失的魂魄也就招回来了。这里之所以用"某某",是因为村子里找外祖母帮忙喊惊的人可不少哩!

小时候,以为喊惊是外祖母的"专利",在村里,我没听过除外祖母以外的人喊惊,长大后才知道,喊惊作为汉族人民的民俗,早在西周时就已十分盛行。《楚辞·招魂》中记载的招魂与外祖母的喊惊类似,可见喊惊的文化渊源颇深。

二

喊惊声从远古穿越而来,跨越千年,至今仍余音绕梁。很多年来,我一直在外祖母凄婉悠扬的喊惊声中寻寻觅觅,走进走出,跌倒了又爬起来,逐渐长大。可是外祖母,她为我、为许多人喊惊,卖力地喊,无休止地喊,终于有一天,我发现,外祖母就像那些被时间磨砺千年的喊词一般,无形中被岁月刻下了深深的烙印。近年来,她的身体越来越差,她的嗓音不再如从前那般铿锵有力,变得浑浊而嘶哑,她开始记不清那些熟悉的喊词。她终于把自己给喊老了。

我见证了许多事物的老去,都没有外祖母的慢慢老去来得触目惊心。春天的时候,外祖母得了一场重感冒,喉咙受到重创。我去看她的时候,她拢着一只烘箩(农村一种竹篾编制内盛瓦缸的取暖设备)坐在断墙下,静静地晒太阳,见到我来,想和我打招呼,却只能发出一些"呜呜嗯嗯"的喉音,她努力把嘴唇往上拢,想叫出我的名字,却发不出声来,最终只能任由干瘪的嘴唇向两边落下去。她很不好意思地笑笑,忙着把家里的零嘴都拎出来让我吃。那一刻,我内心突然滋生出一种前所未有的恐惧,我害怕她就这样永远地保持缄默,陷入寂静无声的泥淖里,让我再也听不到那散落在村庄、田野和山坳的喊惊声。时间和人一起，把她消磨得疲惫不堪。

她年轻时就患上了皮肤病，是顽疾，说是坐月子时去干了农活，感染上了痒病，之后就一直没有根除。几十年来，不管刮风下雨，她都要走几公里到镇上的小诊所打针，去一次效果只能维持几天，病痛不断地抽走她身体中残存的那点儿青春。她把裤腿卷起来让我看，像受伤的猎物向猎人展示伤口。我注意到，那不是一条正常的腿，首先是出奇地细，和七八岁的儿童的腿一般粗，腿上几乎没什么肉，只剩下一圈皱巴巴的皮慵懒地耷拉在上面，老年斑星罗棋布地占领了整条腿。最令人咋舌的是，由于整日用手抓挠，整条腿坑坑洼洼的伤口与老年斑交织在一起，有些甚至还在流血，红色和黑色像下围棋一般，都想霸占这副了无生机的皮囊，用血肉模糊形容都不为过。很多时候，外祖母都在扮演一个喊客的角色，她把许多人从荒野里喊回家，从小喊到大，从懵懂喊到成熟，喊不回来的是时间，是自己的青春。

"一觉困到大天光"——这是外祖母对许多人的祝福，可她自己却不在此列。近年来，她开始整夜整夜地睡不着觉。人老了，没什么别的娱乐活动，她早早地就上了床，可直至深夜还能听见她在床上辗转反侧的声音。有时实在睡不着，她干脆爬起来，在她的老式衣柜里摸摸拣拣，整理衣服，或是把归置好的东西又倒腾出来再整一遍，或是早早地到厨房去，把明天要煮的米先浸在水里，准备好锅碗瓢盆，以此来消磨无眠的漫漫长夜。到她觉得实在没什么值得动手时，她才躺回到床上眯一会儿，不知道有没有睡着，公鸡打第一声鸣时，又见她爬起来，在黑暗中迎接新的一天。失眠让她的世界始终亮如白昼，却更加照出她的衰老、她的疲惫。

不知道人的衰老是从哪里开始的，是不是始于记忆的丧失。记忆可以取暖，那里面有关于位置的信息，当一个人开始丧失记忆，与此同时，她也迷失了方向，丧失了温暖。我去看她的时候，她经常把我的名字叫成我哥的名字,有时刚和她说完我在某地读书,转瞬她就自问自答地说:"你是和你妈妈在一块儿工作吧,离得近好啊,相互有照应,菩萨保佑我阿文顺顺利利、步步高升,赚得多嘞。"她像一个不堪重负的行者,在时间的无涯里,丢包袱一般,把许多记忆弄丢了。我想或许她并不是盼着我长大,只是时间在她身上留下太多痕迹,在她心里被无限地拉长了,产生时间溜走了很多的错觉。她不能相信,自己已经满头银发,可一手拉扯大的外孙身上却丝毫没有变化,年年月月,他一直在读书,却不见长大,那样,时间怎么是公平的呢?或许我尽快步入社会赚很多钱一直是她的一个愿望,她希望我能在经济上接济她一点儿,因此她总认为我已经是个有经济能力的社会青年了。外祖母虽育有三子两女,可日子过得十分拮据,子女都是庄稼人,经济实力不太好,也不是什么孝顺的儿女,在老人的赡养问题上都采用能避则避的策略,互相推诿。她辛苦操劳了一辈子,老了,境况仍然没有丝毫改善。她很希望自己的外孙能够早日长大,给她一点儿哪怕只是经济上的安慰。

  在现实中得不到温暖的时候,人们都习惯用记忆取暖,包括外祖母。在那些记忆逐渐流失的日子里,她终于表现出前所未有的慌乱来。"老年痴呆"这个说法对外祖母来说未免过于残酷、过于冰冷,丝毫没有对生命的敬重,我不喜欢这个词。"阿尔茨海默病"太正式化了,太现代化了,没有人情味。外祖母是属于旧时光的,一生都在黄土地上耕耘的她,这样的词显得太陌生、生硬。外祖母只是在不咸不淡的平静日子中,安静地、本分地履行着大自然对她生命所做的安排,一切都顺其自然,水到渠成。她自然有过反抗,也是顺其自然的。那些儿女们偶尔给她买的鱼肝油、合生元、脑白金,据说是可以提高记忆力、延缓衰老的,她都很自然地接受它们,每天按时服用,能不能见效就不是她能预料的了,她只是以本能去对付时间,想留住一些东西。

可真要流走呢，留不住呢？那她也没办法，她必须接受。有时，她自己刚刚放好的东西，又找不到了；刚告诉她什么事，她立马又问你一遍，家人嘛，自然都能理解，倘是外人在的话，难免要闹出笑话。有时村里年轻一辈的人来看她，带了大包小包的礼物，包了红包给她，她收好了，客人无意中说起这事，她却记不清了，矢口否认，弄得客人好不尴尬。待家人帮她翻找出来，送到她面前给她看，她便只能赔着笑脸道歉，说一些自己老糊涂、心慌眼瞎之类的话来揶揄自己，客人嘛，幸好是大方和气的，并不怪罪。

三

外祖母曾多次把我喊"回家"，可是如今，她自己却离"家"越来越远。去年冬天，她生了一场大病，三个儿子商量了好一阵子才答应把她从县里的医院转到市里的医院接受治疗，不能说外祖母不感到心寒。也是从那时开始，她的记忆丧失达到了极限，她开始对"回家"有十分强烈的渴望。她出院的时候，两个儿子一个女儿去接她，在人来人往的火车站，她像个孩子一样，死死抓住铁栏杆不肯上车，她说她不想来这儿，她要回家。她甚至不认识她的儿女们，她说要"娇子"去接她回家，别的人她都不要，可是当时母亲就在她身边搀着她，她认不出来。她盯着母亲，直勾勾地看着，带着几分恍惚，最后突然拼命地甩开母亲的手，大叫着："就是你！就是你！你把我家那个老头儿拐走了！是不是？"

很多时候，我觉得人就像是一只陀螺，被时间这条看不见的鞭子抽打着，无法停下来，即使是原地踏步，亦被速度控制和奴役。可是外祖母这只陀螺，却终究要停下来了，尽管时间没有偷懒，继续抽打着催促着她前进，可她毕竟是累了，明显已经力不从心。她一生都在琐碎的生活中忙碌着：小时候忙着长大，忙着分担家务；长大后忙着结婚生子，盼孩子长大；后来忙着抱孙子，忙着老去，忙着了却这样那样的日子。夏天的时候，她忙着翻拣晒谷坪上的谷子，忙着晒干刚摘的青菜；冬天的时候，她忙着缝缝补补，为家人准备好过冬的衣裳，忙着敲碎小石潭冻起来的冰，洗掉一家人的脏衣服；春秋时分，她忙着播种和收获，在田头地垄卖力地挖坑刨土。晴天，她忙着到山上打两捆干柴；雨天，她忙着奔回家里收衣服……现在，她老了，她忙着回家。

外祖母的家不大，是一幢只有三个小房间的土坯房，逼仄而古朴。这昏暗潮湿的土坯房承载了她的一生，她在这里结婚生子，在这里养儿育女，在这里生病老去，在这里按部就班地经营着生活的柴米油盐，这是她的家。可是现在，她整日待在这个土坯房里，却越来越找不到家的位置，不知道这昏暗的小房子，把外祖母的家藏到了哪个角落。患病之后，她性情乖戾，像小孩子一般淘气，时常把喂到嘴边的饭菜弄得满身都是，故意把手边的碗碟摔碎，无缘无故地把身边的人骂一顿……她时常吵着闹着要回家，母亲和姨妈们耐心地照顾她，跟她解释这就是她的家，好说歹说哄住她一会儿，过一会儿她又用狐疑的眼神盯着母亲，接着就跑到各个房间看一遍，出来后大声吵着这不是她的家，她的老头儿都不在，他的床也不在了，墙上挂着一个陌生男人的照片，她不认识。其实外祖父的遗照已经挂在墙上好多年了。

我不知道这是不是外祖母和我们告别的一种方式，她知道不久后，她也要随外祖父而去，她用这种不讨喜的方式来折腾我们，消磨我们的耐心，让我们对她感到厌烦，以至于在她离开时，我们不会悲痛欲绝。她大张旗鼓地喧扰我们，恰恰是为了静悄悄地走。

长大后，我不再让外祖母为我喊惊了，从前我是她忠实的拥护者，如今我开始"迷信"一种叫科学的东西。村里请她喊惊的人也少了，谁家孩子有个伤风感冒、精神不振什么的都往医院、诊所送，他们不再请外祖母去给他们"查症"。尤其是一些年轻人，他们不相信外祖母的"医术",到处造谣,诋毁她的人品。门前的桂花开了又谢,谢了又开,好多年,都不再有人采去做桂花糕。自从门前冷清之后,每次我去看她,她都有一大堆话和我聊,大多是一些以前的事。她和我讲以前我是怎样受的惊吓,喊惊的时候发生的趣事;和我讲我以前老爱喝水,把她的瓢瓢咬出一个大口子的事;和我讲她以前和外祖父在生产队挣工分的日子;和我讲那年她怎样把邻居家生病的小孩救回来的故事……讲所有那些旧时光里发生的事。

很多年后,我终于明白,外祖母想回又回不去的那个"家",不在那个晦暗潮湿的土坯房里,不在任何一个可触可感的地方,它早已不是一个空间概念,那是一段时光、一段回忆。

四

那个家,有她曾经懂事孝顺的儿女们,有调皮捣蛋的孙子们,有蜷在柴堆晒太阳的阿灰,有欢声笑语,有轻浅时光,日子有盼头,那时,外祖父也还在。外祖父的去世,首先让外祖母感到这个"家"的缺失,一些时光从此隐退,寂静的空气里,一种崩塌破碎的气息正在慢慢酝酿,弥漫了她整个黯淡的晚年。那段时间,她整日坐在那幽暗逼仄的小房间里,不进食,也不睡觉,头发一下子由灰白变成了银白,她瞬间老了许多。她似乎是为了赶上外祖父的步子,来填补他们之间那相差六年的距离,以为这样,就可以向外祖父靠近些。她的目光,穿过小木窗外照进来的一束阳光,许多尘埃在那里翻滚、跌落,最后逃出视线之外,她怔怔地望着对面空荡荡的床铺,眼睛都不眨一下。以前,那里睡的是外祖父,现在,只剩下几块寂寞的杉木床板,孤零零地躺在那儿,偶尔发出一些沉闷的"嘎吱"声。

人,总是在自己的哭声中走来,在别人的哭声中离去。外祖父去世的日子,在惊蛰的前两天。那天,外祖母把她一生的眼泪都哭出来了。

我从没见过她那么长时间地、那么歇斯底里地哭过，即使是在那些最艰难的日子，她也相当地克制。她的哭声推开那扇老式木房门，拂过庭前的桂花树，越过刚刚翻过土的田野，传到了全村人的耳朵里。声音比她的喊惊要响亮得多，也凄楚得多，相同的是，那声音也招来许多苍老和年轻的灵魂。

外祖父得的是肺癌，从医院回来后，在床上躺了好些日子，我们都知道迟早会有这么一天，父亲母亲、舅舅舅妈、姨父姨妈等家人都从打工的地方赶回来。那天下午，我在离外祖父几十公里的家里坐着，忽然有一种气闷心慌、心神不宁的感觉，半小时后，姨妈来电，电话那头，她泣不成声地说："外祖父走了，你们过来吧。"来不及锁门，我和母亲便匆匆地往外祖父家里赶，我知道，就算没有那通电话，外祖母撕心裂肺的哭声也会把我们的灵魂第一时间招回到外祖父身边。她的哭声，把这个噩耗传递给村里的人，于是，更多苍老和年轻的灵魂聚涌过来，来送走一个安静而淳朴的灵魂。外祖母的哭声，让我想起那些没有风的夏天，那些在田间地垄劳作的日子。那时候，没有风吹过，感到热了，外祖父就停下手中的活计，直起身子，拄着锄头，双手曲成喇叭状放在嘴巴前，铆足了劲，对着眼前开阔的田野，大喊一声"呜哎"，外祖父管这叫喊风。说来也奇怪，经他这么一喊，马上就有一阵清凉的风拂过我们满是汗水的脸庞，好不惬意。遗憾的是，外祖母的哭声毕竟不像外祖父的"喊风"那般灵验，也没有她的喊惊声那般奇效。她的哭声响彻了整个春天，可最终，她也没能把外祖父的魂灵给哭回来。

惊蛰之后，很快就到了谷雨，播种的季节，他们把外祖父种回了地里，一如他曾经种下的那些稻子、桂花、菖蒲草。打那以后，外祖母再没喊过惊。

五

游学多年,故乡的许多人、许多事,砖砖瓦瓦,祠堂小巷,许多风烟都在我的记忆中变得模糊,忘不掉的,只有那一声声悠扬苍茫的喊惊声。就像故乡那些准时在黄昏时袅袅升起的炊烟,在我迷路时,它总能给我指引家的方向。童年的时候,喊惊对我来说意味着神秘和庄重,像个神圣的宗教仪式,看着外祖母准备好香烛、供品,口中念念有词,虔诚而庄重的样子,我对这个繁杂的仪式不敢有丝毫的怠慢,充满敬畏。有时掉魂掉得严重,就要连续喊上七天,每天喊七七四十九遍,小心翼翼地待在家里不敢出去,生怕不小心破坏了这个仪式,再也找不回魂魄。

夏天是最热闹的季节,也是外祖母的季节。山里的孩子,在这个季节最野,在荒岗野地里乱钻,掏螃蟹、逮青蛙、捉知了、摸鸟窝、下河洗澡⋯⋯不管水深路险,哪里有险往哪里钻,于是免不了要迷路,跌跌撞撞,受了惊吓。左邻右舍的父母都带着孩子来请外祖母帮忙喊惊,于是到了傍晚,外祖母往往忙得不可开交,忙完查症又忙着准备喊惊的香烛供品,一个接一个地喊,整个村子在她的喊声中慢慢沉入梦境,喊完全部孩子,已经是晚上八九点钟了。有时喊累了,她就一只手扶着门框喊,一直以来,简陋的柴门总有一处被磨得又黑又亮。得亏那时候外祖母有一副天生的好嗓门,喊了许多年,时间没有收回这副好嗓子,在一阵阵喊惊声的淬炼中,嗓音反而越发变得淳厚、敞亮、高昂有力。有时来的人多了,外祖母就早早地开始喊惊,那时太阳还没下山,外祖父还在田间干农活,一边是外祖母苍茫悠扬的喊惊声,一边是外祖父急促有力的喊风声,两相呼应,成了村子里一道独特的风景。故乡的村庄,就在这一唱一和的喊声中,卸掉了一天的疲累,开始享受一个有歌谣入梦的夜晚。

背井离乡的日子,外祖母常常来到我的梦里,唤我回家。夜阑人静时，记忆就不自觉地回溯到那些与她有关的日子里。外祖母手艺很多，除了喊惊，她还会编竹篓扎扫帚，给发烧的小孩扎耳朵放血，治咽喉肿痛，用草药医治那些被狗咬的人，做衣纳鞋，做好吃的黄元米果、仙米冻……她还认识许多草药，她把那些草药洗净晒干之后储存起来，在那个医疗机制不太健全的年代，那些草药治好了许多村里人的伤风感冒。小时候，最喜欢吃外祖母做的仙米冻了，炎炎夏日，一碗晶莹剔透又清凉可口的仙米冻，加上少许白糖或陈醋，就是一顿珍馐美味。仙米冻不仅卖相好，与超市里的果冻并无二致，吃起来还滑润清爽，绝对是降温消夏的必备食品，许多漫长难熬的夏天，都在一碗碗仙米冻的滋润下，变成了快乐而易逝的时光。离开家乡后，吃上一碗简单的家乡的食物却成了一种奢望，每逢佳节，对家乡味道的渴望更加强烈，找到家乡的小吃铺子来一碗仙米冻，生活的琐屑和压抑就都溶解在这碗熟稔的味道里了。

　　离开了故乡，离开了外祖母，离开了阵阵喊惊声，我继续生活了许多年。这期间走过许多地方的路，行过许多地方的桥，听过许多风格不同的歌谣，看过许多不同的风景，可所有这些，都抵不过故乡的一声喊惊声。我离开乡村，开始在城市生活，为生活、为梦想摸爬滚打。可在夜幕降临之后，孤独寂寞像潮水般涌过来，我突然十分想念那些故乡的傍晚，那些悠扬苍茫的喊惊声。恍恍惚惚的梦里，我看见外祖母正倚着黑黢黢的门框，大声呼喊。

 授课

在创作中"情真意切"地留住正被遗忘的人

这篇作品是以我外祖母为叙述对象的一篇散文。我在外祖母家度过青少年时期中的很长一段时光,从她的讲述中我可以感觉到她属于受过苦难的那一代人,当然,在文本之外,我无意美化这位有很多性格缺点的普通农村妇女。在农村,祖辈那代人很早就要挑起家庭的担子,我的外祖母从她母亲或者祖辈那里继承了许多今天看起来颇具封建迷信色彩的技能,喊惊即是其中一种,这是一种为人驱邪去魅的古老仪式。据我了解,闽南、潮汕地区也有类似的风俗,其他地区的情况不知,我并未深入考察过。我至今也不知道这种仪式是否确实具备驱邪去魅的功效,也不知道包括我在内的那些被外祖母喊过惊的孩童曾经是否被邪魅缠身,抑或它的作用机制只是某种心理暗示。

让我动容的是,尽管这位农村妇女身上有各种各样的缺点,但她所经历的人生坎坷并没有击垮她,她以一种被现代观念所排斥的神婆似的角色守护村庄多年,如今却被曾经帮助过的邻里嗤之以鼻。这种生命逐渐枯萎、时代急遽变化、动态的乡村人际关系让我慨叹。但我知道,尽管外祖母有诸多无奈和抱怨,但她对这片狭隘的故土、对一代又一代成长起来的生命,怀着宽容和深沉的爱,这些促使我以稚嫩之笔,是以记之。这篇散文属于非常质朴的一类作品,是按我学生时代从阅读和自我体悟中形成的对散文的概念来动笔,胜在一个"真"字。

课后学习书单

1. 陈春成著:《夜晚的潜水艇》,上海三联书店,2020年。
2. 余华著:《现实一种》,上海文艺出版社,2012年。
3. 美国《巴黎评论》编辑部编:《巴黎评论·作家访谈1》,黄昱宁等译,人民文学出版社,2021年。

○ 写作要点
○ 写作现场
○ 授课
○ 课后学习书单

胡姚雨 的 写作课

文学冠军简介：胡姚雨，笔名莫笑君，1990年出生于浙江绍兴，青年作家，东南大学硕士。曾获香港中文大学第五届全球华文青年文学奖一等奖、2013年冰心儿童文学新作奖、第三届冰心作文奖一等奖等奖项。各类文章散见于《光明日报》《青年文摘》《读者》《美文》《意林》等各类期刊及年度选集。《课堂内外》杂志专栏作家，2016~2018年连续两届任浙江省十大校园新锐写手大赛复赛评委。

写作要点

用最平常最干净的语言写好一篇作品

文学大赛写作有时带有炫技性,所谓"炫技"可以从三个方面去看:一是语言文字上的炫技。把一句话颠来倒去、翻来覆去地调整,只为把一个普通的意思表达得具有陌生感,希望给人"还能这样写"的惊喜。二是内容上的炫技。写一些日常不会触碰的题材,以此博得大赛评委更多的青睐,比如写社会边缘人、编制离奇夸张的故事情节等。三是通过创新文体,把小说、散文、剧本、诗歌这些不同类别的文体交织在一起,编制出一种新奇的写作框架。这些都是企图通过"和别人不一样"来达到吸引人眼球的目的。

当然,这样的做法同样充满风险,如若技艺不深,往往会弄巧成拙。加之评委都是见多识广的,也是亲历过创作的,选手的心理又怎么会摸不透?因此,比赛参加多了之后就会意识到,用最平常的最干净的文字去写一篇最有诚意的作品,反而是最保险的。事实上,这也是参加比赛的意义,我越来越觉得,文学比赛除了通过得奖给自己鼓励,还可以通过竞技有意识地看看自己所具有的水平,再看看最终得奖的作品,朝着标杆去努力。如今我很少再特地奔着比赛去写作,而是在日常生活中自发地写下令自己满意的作品,如果恰好遇到不限题目、体裁的文学比赛,就直接投稿参赛,获奖了更好,不获奖也没有什么遗憾。

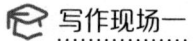写作现场一

第五届全球华文青年文学奖散文组一等奖作品
刺·畏

一

一根针，度量了寂静和声响的体积。文学手法告诉我们，一根针竟能成为寂静的单位，它在这个瞬间狡猾地成为量词，意外斩获人类世界中一直缺失的某些刻度，让无从捉摸的感性得到量化的可能。一根针，窃笑着计较动与静在空间的分配。而谁又费心去怀疑它的精准，一根针所拥有的全部量纲跳不出我们的日常经验，正如不曾接触针线，也会在遭逢这个比喻的下一秒，自制出针尖触地的细微之音。一根针，蕴含着印象派画家高超的技法，它戳破动与静合谋营造的诡异氛围，让声响背叛声响，寂静就无从遁形。

当针掉落，完成使命，留给我们的疑惑却比寂静更长久：声响和寂静本就对立存在，还是因为针的掉落，才令原本浑然一体的寂静分裂出异质的声响？

我再也不敢让针掉落，过气的碎花大理石会轻易吞没它的身形。弯腰找一根针，恨不得全身都是眼睛，繁复的地板花纹让它瞬间获得拟态的天赋。我只好放弃，在母亲急切的催促下，从饼状的针盒里取另一根先送过去。

面对的无非是另一种寻找。眼前的"地面"是母亲肉色厚实的拇指，而拟态其中的"细针"则是一根难测其形的刺。母亲抱怨我动作不够快，她眼睛花了，好不容易对准了刺的位置，稍一分神又要失焦。我帮她掐着拇指的皮，她右手取过银针朝里一点儿送。挑，挑，挑，渐渐地，一段乳白色短茎冒出头来。又似乎到了一个瓶颈，母亲便把针尖送入短刺屹立下的皮肉基座，想必是刺根处有一段弯钩，倒挂在了皮上。针头没入皮层，一小粒血珠迅速抢出，为这恼人的刺披上嫁衣，瑰丽而残忍。母亲用另一只手轻轻一拔，如释重负。这根刺，痛了她好几天了。

二

我可以体会母亲的苦恼，当细刺在指，每一捏，都产生胀痛。不幸的是，找不准疼痛的方位，指尖丰富的触觉细胞，无意中成了刺的帮凶，细胞发出频率一致的呼喊，刺在其中窃喜。

还有以下的生活经验——

脚趾甲极易长歪，也许是我剪法不当，一长长，挨着趾甲的那层肉，就产生钝痛。走路踢到硬物，脚趾冲击鞋壁，肉与齿相切，疼得不得不蹲下来揉搓。母亲陪我去专门的修脚店修剪。剥下白袜，趾侧的皮肉已然发炎，店主拿起镊子掰开肉层，拿剪刀准确地下手……整个过程我都咬牙观看，心里带着一丝解脱和出气的快感。最终寻获罪魁祸首，仅仅是一枚刺状的甲片。那么小，不规则的三角形，上头尖利的齿，是我这些日子所有疼痛的根源。

还有那卡在喉咙的鱼刺。除却化学性食物中毒，鱼刺是我们进食过程中最具威胁性的东西了吧。我记得幼时去医院就诊，排在前面的，是一个年纪相仿的小孩，他因鱼刺卡喉来就医。当他被安排由护士拔取鱼刺时，我忍不住窥看。令我难忘的一幕发生，金属器材伸入他的喉管，他凭空产生一记干呕,很快,鱼刺被镊子轻轻夹取,顺着口腔拿出,上面沾着一丝血色和几缕唾液。我产生一股感同身受的恶心,一根轻细的鱼刺,足以推翻整个消化系统的平静。

刺是孤独的,正如刺猬无法彼此取暖。但刺总能在现场找到同盟,联合毛细血管、联合皮下神经、联合肌肉穴位、联合免疫系统……占一个制高点,放大它的力量。庞大的机体需要调动成千上万的兵力来驱逐一根刺,一根刺却能牵动不止一个人的神经——人多势众的优越性不禁受到质疑,不论何时何地都能左右逢源的天赋却再次证明了应变的重要。一根刺的战略哲学,有时精明得让人自愧不如。

三

针,刺的世俗化身。它从外观美化了刺的形象,让刺穿上银甲,气质高傲。我对针有难忘的情感,不懂事的年纪,我偷偷过家中存硬币的罐头瓶。警觉的母亲发现了。她为了要我牢记这种行为的严峻,命令我伸出拿钱的手掌,像抽血员那样,拿针在指尖用力一扎。疼痛像波纹层层晕开,伴着一丝恶毒的冰凉,我记住了一根针的威力。

穿梭,游走,回挑……在紧密的绒线织面中自在穿行,若不用作施罚工具,针的伟大无非是继承了刺的禀赋——尖锐、精准。这些足以媲美杀手的品质,让服饰具备了细节上巧夺天工的基础。刺借助针,用美钉住人。

它却并不觊觎针的优势。天然的尖端,现成的聚焦,刺本身就是一件工艺品。我们对刺的审美从小就培养:不断转动的立体卷笔刀,粗暴地削割刚刚伸进其中的木质铅笔。经历最初的阻碍,手摇杆几圈下来就能走得轻松顺畅。小心翼翼取出的铅笔,还沾着新鲜的木屑——那被无情绞碎的铅笔的皮肤。这种热乎乎的疼痛里,铅芯低调的光泽显得越发华丽,在笔尖轻微流转凝成一股书写的冲动……我是那样迷恋被卷笔刀重塑过的笔头，排列在铅笔盒里，整装待发，俨如子弹，我可以体会来自笔尖的疼痛的暗示：每一个笔画都得小心翼翼、全神贯注，一个不慎铅芯就会折腰而亡。你不能否认在笔头磨粗前，那些字看起来是多么骄矜易碎，沿路甚至会爆出极细的铅粉——笔尖与纸，彼此殉情的杰作，浪漫的死亡为它们带来优雅的墓志铭。笔在前行途中失去形态，纸则为它提供可追溯的历史，转身回望，通篇不是我们漏洞百出的稚嫩文章，却是纸笔相恋惊天动地的絮语。

四

潜意识里有向刺靠近的欲望。削铅笔的过程教会我，一根刺的诞生，要经历严酷打磨，才能在疼痛中淬炼出光芒。而它又无法停留太久，像所有美好总有缺陷，不出几个笔画，又将归于平庸的弧度。短暂的华美让它具备炫耀的资本，易逝的脆弱又剥夺了它的发言权。

最终它被踩在脚底。尽管获得了一个性感的名字：高跟鞋。赋予美的同时也赋予危险。当三寸金莲在历史的批判声中焚为灰烬，那些因裹脚而畸形生长的骨骼并没有削减今天的人们把双脚再次放上刑台的意愿，高跟鞋对骨骼的蹂躏，是刺在无声地揭竿而起。

我们以为在利用刺。利用它天然的体态，让双脚获得悬空的力量。行走途中，刺让人高瞻远瞩，也让人摇摇欲坠。危险的美增强了我们对刺的狂热，很快高跟靴应运而生，它表达魅力，也传达欲望——化身为刺——长长的靴筒扩展了一根刺对身体的侵略，人们似乎想给出这样的证明：从腿肚、从膝盖、从大腿开始……身体的一切，都该是高跟的一部分，加高靴筒，才能尽可能多地将身体收束于一根刺的美学系统，性感、魅惑、神秘、致命……刺在底层，也如此顺利地完成反围剿的使命。人们心甘情愿陷入刺所营造的圈圈，沦为美的囚徒。而这些还不够，当我看到芭蕾舞演员那令人惊叹的旋转，凄艳的美凝固于深深伫立的趾尖,我由衷体会,当一根刺的野心在人身上得到最大限度的实现,美已近乎宗教。也许轻盈旋转的白色精灵并非浴水而出的天鹅,不过是一根用生命在削割自己的刺而已。它须在舞蹈中保持锐利,因为停下来就可能变钝。刺不能缺少磨削,一如流畅的舞蹈不允许打断。每一种美,都锻造着苦行般恒久的痛楚。很久以后,我们却又纷纷皈依于刺所下发的教条:记住,并非美造就了痛,是因为痛才抵达了美。

五

第二天醒来我已记不得昨夜发生的一切。虽然身边的亲人惟妙惟肖地向我展示昨夜我满口胡话、四肢乱颤的情形。

我依稀记得,是在奶奶家后门不远处的池塘,盛夏里,和哥哥一起下水。他是游泳健将,一个猛跳扎进水里,我这只旱鸭子,虽怀抱救生圈,依然不敢深入。在浅水带百无聊赖时,被一样突如其来的事物吓得魂飞魄散。

那是一只黏附在我身上的蜜蜂,因为弱小,甚至没有让我觉察它栖息在我身上的动静。一小圈淡黄的绒毛擦碰着我的皮肤,在阳光下熠熠生辉……此情此景,我吓丢了半条魂,生怕它一狠心,蜇我个大包。我用池水将之冲走跑上岸,又听闻巨大的"嗡嗡"声在耳边回响,好几只体态丰满、颜色艳丽的蜂令我不要命地往回跑,不知道它们何时出现在这里……我因为惊吓,夜里发烧了。

一只蜂的威慑来自它的刺,很小我就懂得它的厉害。常识老师告诉我,蜂的刺一经刺出,自己也将不久于人世。课本则做了更详尽的描述:刺作为蜂的生殖器官,扎入敌人体内,将连同内脏一起脱落,死是必然的结果。

在我渐渐懂事的年纪,时不时回想蜂的一生,颇感一丝悲剧色彩。藏于蜂腹的毒刺,又给我强烈的震撼,那竟是它用来绵延子嗣的工具。

进化途中，肉体竟造出天然的武器，隐藏于艳丽的体内——蜂给了我关于刺的启示：这个世界的组成是否就是刺和包裹着刺的外衣？

住在山野小村的姨父，在暴雨来临之夜，上山察看可能遭损的杨梅，回家的途中，一个不慎滑倒，断裂的肋骨戳破他的肺叶，一根因背叛同僚而自体内崛起的刺，让他吐了好几口血……

跃跃欲试，呼之欲出，是每根刺都保有的天性。它就埋伏在我们体内，它就潜藏在我们周围，穿着厚厚的外衣，缺少的只是被打磨的契机。像蜜蜂体内与生俱来的利器——生与死都在上面兑现；像卷笔刀塑造的铅笔——某一刻，卷笔刀竟成为真理的代言人，它将一根笔芯的实质曝光：刺。骨头里的刺，因骨质包裹，显得安全结实，一旦骨质碎裂，刺将跳脱而出，戳穿生理的假象。为了和谐共处，每一根刺都被披上柔软的外衣，骨、树、灯、墙……当不期而至的碰撞或冲击无意中扮演了磨削的功能，刺将彻底重生，正如每个圆柱永远包藏一个圆锥，表象被识破了……无穷无尽，无边无际……我又看到雀跃的自己将铅笔伸入卷笔刀的模样，磨平了，削，磨平了，再削……一支铅笔藏有多少根刺，它能写就的史诗就有多宏大。

六

善于瓦解力量，刺给了我四两拨千斤的启示。

《神探夏洛克》里的窃犯，先在玻璃上粘一枚口香糖，再将一粒细小尖锐的金刚石嵌入其中，接下来只要找一样颇具分量的硬物，直击金刚石那一点，防弹玻璃将应声而碎。稀有的金刚石竟自贬身价模仿一根刺的计谋，分子结构紧密如斯的特制玻璃因此布满被刺看穿的软肋。凿墙的铁钉、挖地的钻头……无不分享着刺的经验。

我又想起针，当它协同注射器成为医用器材，就具备了与血管近身博弈的资格。我们需要它的微小来确保伤口的安全，也只有微小，才能顺利潜入皮下——尺寸与我们身体的空隙相吻合。青蓝的静脉默默容纳一根针，温暖的血液热烈地摩挲它，在细胞的簇拥中它直接送上药液的冰凉——微小的，也是最直接的。毒蛇的牙齿，识破并模仿了这两个关键，才顺利引发我们的敬畏。刺积累的智慧，令人生畏。

我开始怀疑我们回避了对刺的探究，借此延缓我们发现它精确所在的进程。衣不蔽体的年代，人类发现刺的功效——削尖的木材因摩擦闪烁火花，尖利的长矛让人获得安全……刺的暗示如此强烈，而我们却觉得这是一种馈赠，掩盖真相的曝光——对摩擦赠以火焰，捕猎赠以皮毛血肉……因获得温饱，人类狂欢的喜悦冲淡了来自刺的启示——直到今天才得以模糊探寻——那汇聚力量的尖点有多细，世间最小的缝隙就有多宽。我们的皮囊是一只密不透风的袋子，还是无数缝隙交错而成的影像？当分子、原子、夸克或后续其他物质证明了最小物质单位的存在，是否意味着每一件事物最终都可以被分解，并归于同类？若是，那么必然存在一把理论上的利刃——且让我称它为"刺"吧——将在所有已知的空隙里游刃有余地行走，比庖丁更懂得如何将世界解构。在堪比针尖的眼瞳里，我们是否从未作为一个整体存在，而是一堆又一堆质感相近的粉粒在飘忽流转？我想象有一天诞生一根这样的刺，它将我们各个击破、还原为最小的单位。

七

最后，冷静思考，我的身体里，不也躲着一根——或许是无数根——刺吗？

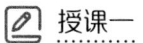 授课一

避免文本里"生硬说教"的方法

我迷恋上了"语调冷静、思维发散"的散文写作方式,有了一个令人激动的念头:我想尝试写一系列类似风格的散文,把这种写作模式树立为自己独特的标签。我开始留心挖掘生活中各种细小的、可供头脑风暴、加以深挖的意象,"刺"就这样不期然地闯入了我的脑海——我低头,笔尖像是刺,餐盘的鱼骨也是刺,连我正在敲字的手指不也是一根没那么尖锐的刺吗?就这样,我的想象再次充盈大脑,写下了这篇自己迄今为止最喜欢,也最满意的哲思散文。

当然,在内容呈现上,我在表达哲理的时候,没有一味从"说道理""讲想法"的角度去虚泛地表现,而是结合了很多具体的生活意象,使读者阅读起来也不会觉得过于抽象而与生活经验决然相隔,比如,写的是"刺",我衍生出了"针""脚趾甲""鱼刺""芭蕾舞""高跟鞋""铅笔""蜜蜂""圆锥""钻石""钻木取火"等各式各样的意象。用生活化的、实际的案例去表达,才能让阅读为人接受。因此,我还是想强调写作中要加倍注意的两点:一是足够丰富的素材,二是足够简洁的语言。有时候,有了这两点,即便主题没有那么深刻,也足以让你在诸多庸庸碌碌、废话连篇、辞藻堆砌的作品里脱颖而出。

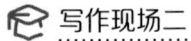 写作现场二

第三届冰心作文奖一等奖作品
岁月深处的江流

一

横贯过虞城西侧的江流,日夜不绝地绵亘在这个城市舒软的土地上。从出生到现在,我每日面对的就是这条江流。有些人在岁月中去而复还,有些事是经历过以后却再也没有办法重温了的。唯独这条河流像是独绝的过来人,始终以相同的眼神和姿态注视着虞城的每一次微弱的变迁。

她叫,曹娥江。

四月的风吹不暖她的凉意,腊月的雪亦没能冻结了她的流动。小的时候大清早打开了家门,堤栏之外的脚下就是这宽几百米的江水,我不知道是不是潜意识里有着对信仰原初的认识,我只是隐隐地感觉这江流有着母亲一样温情脉脉的使人心生平慰的安宁。她那时候还很干净,翻滚的液体明晃晃地在阴暗的天幕下眨闪出丝丝缕缕的白色反光。偶尔有船只经过,摆下道道幽寂的尾纹,一切令我感觉到世间难遣的孤独,当然这是我长到十七岁时才得以回头读出来的。那个清晨拖着一小条鼻涕"嗒嗒嗒"地穿过市井门栏,穿过无数寒冷、温暖、迷蒙的时光的孩子,他站在堤坝之上心中也许只有广茫而不知所措的空虚而已。那时他的外婆去世了,几日前家门口奏响的哀乐层层叠叠缠绕在屋檐门槛上,仿佛连空气亦染上了这种

哀愁，使得那样长的一段时间以来家中仿佛生气俱消一般。七岁的他恍然觉得有些恐惧，是的，他是需要有人安慰的。可他看到的是母亲不断擦拭眼角的手，父亲沉默地进出，一些他叫不出名字的亲戚窃声窃语。他想他还是再来看看这条江吧，这一幕的定格仿佛决定了往事必然要翻涌上心头的底色，沉沉的如同灰色的帷幕。我想起破旧的时钟缓慢转动着的指针，泛黄的日历上某一个被画了圆圈的号码，还有小院里曾经繁茂现今萎谢的植物，更多的，是这条江流日日夜夜不绝而平稳流动的静谧，我想是不是离家的人可以顺着她的流向再回家来呢？

二

我当然可以相信曹娥江从我对她有了认识开始便已经沾上了神秘甚至神圣的色彩。十岁那年，母亲和我坐在温暖的阳光下，曹娥江的江风舒适地吹过来，江边芦苇摆荡得如一场声势浩大却又很浅薄的雪。她对我说，很久以前，这里住着一个叫曹娥的女孩，她父亲曹盱在五月五日迎伍神（即伍子胥，吴地传说尊其为"涛神"）的一场祭祀活动中，不慎溺于舜江，数日不见尸体，当时，孝女曹娥年仅十四岁，昼夜沿江号哭。过了十七天，五月二十二日，她奋不顾身投江寻父。这一跳，就消失了整整五日。五日后，稀薄的晨雾还未散尽，曹娥和她父亲的尸体就晃晃悠悠地从江心漂浮到了岸边，人们发现的时候，这对父女紧紧抱在一起，因为身体被泡得发胀，仿佛这拥抱亦留不得一丝丝的空隙了。

我听完以后沉默许久，母亲问我现在知道曹娥江这个名字的来历了吗，我点点头。很久以后，我在书本里读到了这个故事的原文："孝女曹娥者，会稽上虞人也。父盱，能弦歌，为巫祝。汉安二年五月五日，于县江溯涛婆娑迎神，溺死，不得尸骸。娥年十四，乃沿江号哭，昼夜不绝声，旬有七日，遂投江而死。至元嘉元年，县长度尚改葬娥于江南道傍，为立碑焉。"（《后汉书·列女传》）

听完故事的那个午后，在故事的余音里，我目睹江面上水流相互推搡着平缓而去，阳光出奇地清澈，波光潋滟。我趴在堤栏上想：有什么理由可以令我不相信这里就是曹娥当初纵身跃下的位置呢？

三

十岁那年，我听到了形形色色关于曹娥江中孝女救父的传说，孝女曹娥的碑像就屹立在我们这条街道的街口。而我也是那时得知原来曹娥庙离我家是如此近。绕过三个拐角，就能看到堂皇的庙宇。庙栏漆成红色，头顶的匾额上是"曹娥庙"三个隶书字，庙后紧邻的是浩浩的曹娥江，宛如这庙院的女子与这江水永不停息地对视。很多人从庙里出来，又有很多人从门外进去。门口有一个募捐箱，老太太很郑重地放下拐杖，一步一步走过去将一张五元钱投进那窄窄的投币口。薄薄的钱币悠然飘下，仿佛是这许多年来的一种美好与善意的寄托。

我是属于江海的孩子，大抵是从出生到现在我都没有搬过家的缘故。与曹娥江近邻长达十几年，仿佛是一种宿命。我常常在梦里见到她。她从远处奔流而来，我被她安然地卷走。美好的梦境里，我总是可以跟着她走到一处新天地，气味亦是好闻的；偶尔有几次，我却梦到她暗处藏匿的旋涡将我生生窒息在滚滚的江底，往往是母亲和我一同醒来，我抱着她冷汗直冒，她安抚我说是噩梦。母亲是条河，不知是谁说的。的确是母亲像江流一样无时无刻不陪伴着我走过无数个不知焦灼、不问寒苦的季节。

当我的年少时光在这江风的熏抚下日益变得光滑平静的时候，父亲却做出了一个令人难以接受的决定：他说他和朋友做了考虑，为了生计他们要合伙去石家庄做生意。那遥远的北方。母亲哀求说干吗要去那么远，可以在这里做啊。父亲无奈地讲着朋友认识的生意人在石家庄有一定来头，他们去那里做生意的风险更小。我们在春末的时候送父亲离开，父亲说大约每三四个月会回来一趟的，等着他。我牵着母亲的手在岸边目送父亲登船，前往西面的火车站。浩浩的江水迎送了父亲疲惫的脚步，不能收容我母亲伤怀的眼神。这默默地远送像是在告诉我们，总有东西会把我们连在一起，总有江水可以传送我们遥寄给对方的信息，让我们彼此相知。

岸边的芦苇生长拔节，一年一年，繁茂得像从未经历过忧伤的世事一样，一度无忧地听着江水的吟咏与歌唱。

四

十四岁的时候，我已经上初二。父亲在这两年里回来过五次，每次都带回诸多礼物。夜晚的时候我们聊到很晚，最后我总是在一片倦意中回房睡觉，卧枕时仿佛听到江流从我床板下轰然流过，将这甜蜜的夜晚打磨得如同琥珀一样精致。两年的时光，让我结识并真正找到了于我而言极为重要的好朋友——莫杰，他比我高出一头。很多时间我们都混在一起，他有令人惊喜的才华。莫杰热爱写作并且借此频频地受到青睐。相形之下，这或多或少让我感到沮丧，在一个暖意漾出的黄昏，我决定带他来看我们家门前的这条江。那时候落辉烂漫，霞光万丈，初秋的风里有熟悉的植物的香甜。我经常对莫杰说："莫杰，你知道吗？我爸爸就是从这里离开的，一直向下游，下游，然后就消失不见了。"莫杰捡起一块石头用力往江面上扔，砸出一阵激越的水花，我不再说话，学着他的动作一起朝江面扔石头。远处的渔船轻微地浮过去，对我们的行为视若无睹。我一用力，不慎将石块儿砸入了渔船，我们两个落荒而逃。江水依然在背后穿过风与植物的微吟，温顺地盈入耳朵。

初中末尾阶段的一次考试，有个题目要求我们写一篇有关自己最爱的人或物的文章，我毫不犹豫地选择了这条伴了我十几年的江。几天之后，莫杰的文章不出所料地被老师在班级里宣读，而我，却在下课后被叫入了办公室,老师问我怎么写的。我顺着他的手看到自己被扣去一半分数的文章。我平心静气地说写了我最爱的东西。他问我那是什么呢,我说是父亲与江。他严肃地说他有让我写两样吗,最爱的当然是一样。我说我只是觉得江与父亲有关联,父亲如江,而父亲又顺着江而去,那么我会看着江来想念我的父亲,来盼念我的父亲,同时这江也像是父亲一样无时无刻地陪着我。他推推眼镜说这样容易表意不清,主题模糊。

我听完这句话,眼泪"唰"地流了下来。很长一段时间以来,老师对我的批评我都忍受下来,这一回真的感到刺骨的寒凉。我什么也没说,低着头走出了办公室。那一晚放学,莫杰和我都没有说话。我对莫杰需要忍耐我的压抑感到惭愧,我对他说:"莫杰,谢谢你,你回去吧,我快到家了。"他犹豫了几秒,离开了。他离开后,我坐在堤栏边长时间地注视着深暗的江面,不再说话。想了些什么已经忘了,只记得后来还是很矫情地哭了。曹娥江上夜行的船只上明灭不定的灯光闪烁着,如同我明暗不定的心事一般。

五

第二年的夏季,我终于迎来了人生中第一场重要的考试。那段日子来临之前,我发现自己的内心焦躁不安。很多个夜晚都失眠,第二日浑浑噩噩地醒来亦没有精神。失眠的产生是令人痛苦的。我躺在床上翻来覆去睡不着觉,脑中因为焦虑而记不起任何公式或单词。这令我一度感觉自己像陷入绝境的野兽,忍不住抱头流泪。母亲发现后比我更担心,她在睡前为我煮热牛奶,或是熬红豆粥,可一切无济于事。终于,在一个清凉凝露的夜晚,我在母亲熟睡以后跑出家门,翻过护栏与高高的堤坝,一个人不知天高地厚地来到空无一人的江边。初夏的风甜暖湿润,芦苇拍荡着轻盈地低语。这令我前所未有地安宁下来。我坐在一块干净的空地上呆呆地望了江面很久。微风拂过来的时候,江上有零零碎碎的声音,没有灯光,没有喧杂,没有繁重的心事,我看着模糊不清的江水,突然相信,有些事是一定会过去的,而有些事同样会回来。我掬了一捧水洗脸,这样凉爽。我不知道要不要感谢这样的夜晚像一剂镇痛剂令我过分焦躁的心停顿下来,可我知道一切似乎都能好起来。

考试依然不可抗拒地来临。之前我已经能够逐步消除失眠带来的身体不适了。我坐在考场里想念着那平稳的江水,心中不禁安全踏实起来。

成绩揭晓后没有令人感到意料之外,仿佛是命中注定,这么一点儿就是这么一点儿。不会亏欠亦不必渴求命运施舍。母亲打电话给父亲说了消息,他说好好好,尽力了就好。我在电话这头不知道应该说些什么。

六

这一年夏季的轻松让我们疯狂。我们下到曹娥江里游泳,在近岸的浅水带,一切美好得超乎想象。莫杰终于学会了如何打出十下的水漂,而我终于学会了如何对着这浩渺的江水用丰盛的心希冀父亲的到来。

年少的心经历了蜕变之后却变得更为坚固,九月开始的高中生涯只能说除了给我打击,剩下的仍是打击。有时,我会一个人偷偷坐在岸边寻求着一点点无声的安慰。和莫杰的联系始终以电话的方式保持着,偶尔的书信亦能带来充实的温暖。

曹娥江日日夜夜地流淌。坐在教室里,去图书馆的路上,抑或在操场上躺着看天时,我都会想起她,也会想起人丁兴旺的庙院、墨黑的孝女塑像、每日的祝福和盼想的父亲。

那个曾经懵懂无知的少年,那个曾经在堤栏上和朋友一起扔石头的男孩,那个在深夜因焦躁而跑到江边的孩子,那个一度因这江水而忧心而欣喜而怅惘的学生,那个日夜思念父亲的自己。我相信,这嵌在我岁月深处的江流,不论何时何地,总会夜夜淌入我沉沉的梦里。

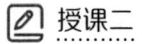 授课二

学会让散文具有"故事性"

这原本是一篇命题之作,给出的题目以"江"为主题写一篇文章。文章写于高中时代,最是多愁善感的年纪,使得文风也较为优柔哀切,其实,文风的类型本没有高下之分,只要一篇文章能把氛围营造好、贯通好,让读者有效代入其中,那就是一篇动人的文章,我想,这可能是这篇作文当初可以获得作文比赛一等奖的原因之一。在具体的写作上,我觉得这篇文章值得各位学生朋友加以学习借鉴的,是它的"故事性"。这篇虽然是散文,但是在写作过程中,我穿插了相应的故事情节,使散文也具有了一定的小说性质。上半段中,我穿插了"曹娥救父"的传说,这是真实存在的民间故事,通过引述这样的奇闻奇谈,提升读者的阅读兴趣,丰富文本的表现力;后半段,我着重写了"父亲的离去""学业上的挫折"等相对具体的事例,既符合那个年龄段的所思、所感、所遇,也使得沉静绵柔的文风获得了相对充实的内容支撑,让读者可以从中找到共鸣。因为如果没有所谓的"故事性",仅仅停留在文笔雕琢、抒情表意上,整篇文章就会变得虚无缥缈,沦为纯粹的主观抒情散文,也就是所谓的"堆砌""无病呻吟"。

因此,在散文写作时,特别是学生时代的散文写作中,往往要注重通过强化具体事例的描写来传达主题——这也是我们在日常要注重素材

积累的原因,否则提起笔只是玩玩文字游戏,是十分空乏无味的。当然,也不是非得有故事性,如果没有故事,那么你必须具备成熟、深刻的思想,通过某一个现象、某一个瞬间的灵感,来讲好一个道理、一段感悟。像宗璞的《紫藤萝瀑布》就是这样,作者站在紫藤花架前,没有什么所谓的故事情节和离奇遭遇,仅是通过对自然的细微观察,并联系了自己的生活实际,表达出了对生存、生命的体悟。这往往需要阅历,以及更强的语言掌控力,如果目前做不到,就要多多留心生活,先学习写好一个小小的故事。

课后学习书单

1. (清)曹雪芹著,(清)脂砚斋评:《脂砚斋评石头记》,上海三联书店,2011年。
2. 周晓枫著:《斑纹:兽皮上的地图》,广西师范大学出版社,2019年。
3. 毕飞宇著:《小说课》,人民文学出版社,2020年。

王君心的写作课

- 写作要点
- 写作现场
- 授课
- 课后学习书单

文学冠军简介：王君心，"90后"，中国作家协会会员，毕业于厦门大学。曾获第十四届和第十五届全国新概念作文大赛一等奖、第三届大白鲸原创幻想儿童文学"钻石鲸作品"、第二届《儿童文学》金近奖、第十五届《儿童文学》擂台赛铜奖、第四届"读友杯"全国短篇儿童文学创作大赛铜奖等奖项。作品散见于《儿童文学》、《少年文艺》（江苏）、《少年文艺》（上海）、《读友》等期刊，多次入选《中国年度儿童文学》《中国儿童文学精选》等书系，已出版《梦街灯影》《云鹿骑士》系列等十余部长篇小说。

◦ 写作要点

在文学比赛中找到自己的写作倾向

说起文学大赛写作与日常写作的区别,我的感受是区别不大,一定要说的话,可能有一个细节点——每个比赛,它的评委、编辑、读者,会自觉或不自觉地形成自己的偏好。例如新概念作文大赛,入选的作品绝大多数文风都非常接近。我自己高中参赛的时候,就对着三本《萌芽》(主办新概念作文大赛的杂志)的小说集研究了一个暑假,才开始写投稿作品。直到现在,在公众号上随意看到一篇类似的文章,我都能判断出作者是新概念出身,一看文末的简介,果然是。参赛的作品如果能投其所好,也许能事半功倍。这里说的绝不是刻意地去迎合,而是把你本身的写作倾向引导出来,有意识地在作品中适当放大。如果你觉得完全没有类似的倾向,那么千万不要刻意,把自己觉得满意的作品投过去就是。

 写作现场

第十四届全国新概念作文大赛一等奖初赛获奖作品
近视女

在我最喜欢的小说里,有这么一句话:"是不是这个世界上的每个人,其实都有一种不为人知的疾病?"

我想是的。

一切都要从近视说起。

我爸爸是个对眼镜深恶痛绝的人,从小我就被灌输了"近视等于残疾"的观念。虽然在他张牙舞爪的威胁下我守着完美的眼睛安分地度过了童年,但没料到小学生的作业量轻易地把这一切不容易撕得粉碎。我的视力好似用鞋尖试探高空的钢丝绳,迟疑地停顿在一个微妙的高潮上,而后——疯狂坠落。

发现黑板上的字渐渐变为白色斑块儿后,即便天塌下来也难以跟上我的情绪。那时候我上小学四年级,拥有的第一个秘密不是暗恋某个男生,也不是和哪个女生成为最好的朋友,而是我近视了。好像生活中所有的诗意美好、所有的希冀遐想都在这一刻标上了"全剧终"的符号,尽管它们还未拉开序幕。

我战战兢兢地守着这个秘密,一直到那个阴暗异常的雨天。那天雨下得特别凶,又闷又沉重。放学后,我和同学一起去学校附近的文具店

买橡皮。爸爸恰巧来接我,他站在文具店门口,握着一把巨大的黑伞。我看不清爸爸的脸,但我知道是他。于是我握着橡皮付了钱后,匆匆向他走去。

"你刚才做了什么动作!"

我一向温柔的爸爸厉声喝道,没有丝毫疑问的语气。他的小女儿还不知所措地愣在原地,疑惑着该不该踏入那把黑伞的领地。

"你是不是眯了眼睛?"

"不知道……"我慌了手脚。我想我是眯了,因为刚刚我看不清他的脸。我的包袱被挑开,我的秘密暴露在空气里。

"你看对面的那个号码,给我读出来!"爸爸指着街对面一家店的招牌,命令道。

"我看不清……"我如实说,像一片枯叶一样发抖。

很多年后,我想起这个被妖魔化的雨天,仍然坚信那时的天气里蕴含着一种诡异的养分,爸爸的怒气像雨后的毒蘑菇般不断生长、膨胀。我以为他要在众人面前打我,但他没有。他只是把我撇下,大步走开了。我撑开自己的伞,慢吞吞地跟在后头。

我什么也不想,什么也不敢说。快到家的时候,爸爸终于又开口说:"前面那个人,你看得清吗?"

我紧张地瞪大眼睛,随即又眯起,硬生生挤出两滴酸涩的泪,还是看不清那个人。她撑着红色的伞,对我而言只是一抹薄薄的色彩,那么轻,那么淡,仿佛玻璃窗上的水汽,随手便可擦掉。

但是当她走近,我的两滴眼泪落了下来。我最亲爱的妈妈撑着红色的伞,穿过雨帘站在丈夫和小女儿面前,温和地问:"怎么这么晚才回来?"

我配了眼镜,每年复查一次,每次都会换来父亲那一张铁青的脸。

但这只是一个开端,对以后日益发酵的恐惧而言根本不值一提。我已经习惯了沉默,习惯了看不清满天繁星,习惯了在视力表前不由自主地发抖,习惯了压了又压眼镜也看不清黑板后的冷汗直流。

升上初中,我在初三时遇见了阿力。

阿力是个相当有代表性的男生,简单来说是"普遍",含蓄一点儿就是"一抓一大把"。他一米七八,脸还算干净,笑起来冒傻气,他的生命里似乎只有篮球和数学,两眼视力的度数比我妈和我的加起来还多。这样的男生在中学里似乎遍地开花。

那时候我坐在教室第三排,感觉黑板上的字像雪花一样飘啊飘,阿力在最后一排,每天下课准时把抄得工工整整的笔记递到我面前。我也不客气,抓过来就抄。

抄了半个学期,我们的默契值迅速攀升。有一天他照例把笔记本递到我桌上,比平时晚了二十秒。我熟练地翻开,一边唠叨化学老师的字难懂,一边快速地抄化学方程式,听到他以略微迟疑的声音说:"我们可以成为一生的朋友吗?我每天都帮你抄笔记。"

我头也不抬,只说:"好。"

可我们的关系只停留在他帮我抄笔记、上下学偶尔一起走的程度。初三稳稳地滑向终端,我考上了重点高中,他却去了一所普通高中。为此我深感愧疚,暑假时,我在学校附近的小饭店里很大方地请他吃了一顿饭。这确实是我们第一次出来吃饭,但绝不是最后一次。

到了高中,我的第一任同桌对我说的第一句话让我彻底放弃了与她深交的念头。她说:"你也是深度近视吗?我也是!我好怕以后看不见……"

她那种近乎悲怆的语气直戳我的内心,把我心里仅有的一丁点儿安全感轰然捣碎了。

我隐约感到了事情的不寻常。我开始看不清别人的脸。一开始只是陌生人,不管距离远近,在我眼里,他们的着装、身形都很正常,但五官通通被抹去了,只留下光洁如纸的面庞,在人群中闪烁着幽微的光。

空白的脸上仅仅遗留着情绪的残片，那些看不到的表情和空洞的视线都叫我害怕。

我以为是眼睛出了问题，不敢和家里人说。又找来阿力，还是在那家小饭店里，他用五包纸巾才把我的眼泪止住。

我不哭了，也不说话，紧紧咬着嘴唇。阿力看着我摇头叹息，脸上一副心疼的表情，我似乎能感觉到他的内心。

就在我们讨论要不要去医院的时候，我注意到隔壁桌的女人。她一个人来，穿着红色长裙，戴着亮闪闪的耳环和发饰，喷了很浓的香水。她在打电话，声音微颤。我猜她在哭，因为她浑身上下都散发着一股颓废的气息，好像有冰凉的眼泪打湿了气氛。

我小声对阿力说："这个人怎么了？哭得这么厉害。"

阿力朝四周望了望，不解地说："你说谁？"

"就是这个女的啊。"我扬了扬眉毛示意。

但阿力露出了更费解的神情，他的眉毛拧在一起，问："你怎么了？她一直在笑啊，不是吗？"

我顿时没了胃口。

由此我发现了自己的特殊之处，尽管没有任何科学依据。我坚信自己能看到别人最真实的情绪，然而这股与众不同带来的自豪感与欣慰感只坚持了不到一天。

我听到两个人在互相恭维，内心嫉妒的火焰让情绪扭曲得可怕；我看到两个朋友相约吃饭，彼此客气却各怀心事……我发现有太多人明明悲伤却仍然欢笑，有太多人用谎言保护一份摇摇欲坠的感情。

事态开始失控，甚至一些熟人的脸我也看不清了。老师、同学、朋友……我坐在教室里，被嘈杂的声音裹住，却像只有一个人存在。我看不到身边任何一个人的五官，只有一张张光洁的脸，我不知道是谁在说话，不知道谁露出什么样的表情，谁又向我投来问候的目光。

我呆呆地坐着,"没有嘴"的老师继续讲课,他的声音像细盐一样容易化掉。目光盯着黑板,那些粉白的字越来越不清晰。唉,度数又加深了。我陷入新一轮的恐惧,压迫感簇拥在额头,那个雨天的回忆再度嵌入脑海。

我摇摇脑袋,四周的声音开始旋转、旋转、旋转,有人在尖叫,刺耳的声音,像冰锥狠狠地扎进我心里。回过神来时我已经站在空无一人的操场上,浑身瘫软,惊诧地发现刚刚的尖叫声是自己发出的。教学楼的走廊上有不少学生在观望我的举动,仿佛我是一个精神病人。

傍晚,我叫来阿力,和他在学校里散步。

谢天谢地,我还看得清他的脸,而他内心的情绪显示他对我的关心没有丝毫虚假。我不停地说话,不停地告诉他我几乎看不清所有人的脸了,那些面具一样的空洞叫我害怕,那些虚伪的情绪让我发狂。

我们坐在台阶上,我把头靠在他的肩膀上,无声地哭泣。抬头是一片繁盛的树林,浅紫色的天空在树叶的空隙里若隐若现。我尝试着摘掉眼镜,那些空隙变成了星星的碎片,像一把闪光的花晃晃悠悠。这就是近视者的世界。

我猛然直起身子,露出一副恍然醒悟的样子。阿力不解地望着我。

我说:"凡·高和毕加索一定都近视了。"

"什么?"阿力伸手摸摸我的额头,目光关切,"你没事吧?"说实话他的样子有点儿傻,但我就喜欢他这一点。

我没事,我当然没事,只是恍然醒悟了。我想到美术课本上凡·高和毕加索的画,那些价值连城的作品,那些想象奇特、寓意朦胧的人类文化瑰宝,都像极了我摘掉眼镜时观察到的景象。

在近视者的眼中,光和影、明和暗都没有明确的界限,各种色彩、光芒混合在一起,闪烁着隐隐约约的光。比如凡·高的《星空》,星和月散着光晕,风卷着一把细碎的光芒流窜在夜幕中,寻找隐藏的音韵;

比如杜尚的《下楼梯的裸女：第2号》，表达了世界正处于机械文明飞跃的旋涡中，那些连续的人影是由于看不清产生的重影吧。

我决定开始画画。

小学到初中我学过几年画画，有一点儿基础。我重新拿起画笔，摘掉眼镜，就画眼前混沌的景色。

我画堆满书的书架，没有一本书有具体的形状和颜色，画纸上涂满了颜料，一排排的颜色混合在一起，画面生动饱满；我画窗前的树影，深深浅浅的绿色像泡沫海洋，依稀的光散落其中，仿佛支离破碎的阳光；我画街道上的行人，那些重叠的身影，看不到五官的脸，神秘幽微的情绪和声音都在闪闪发光。

我买来一瓶又一瓶颜料，挥动画笔肆意涂抹着。它们像一棵棵植物，脱离了我的控制，在画纸上恣意地生长，柔软的枝叶蔓延到每一个角落。

爸爸起初不理解我的举动，他在我的同意下把我的画交给了一个美术老师。没想到老师看我的画看了十三分钟。

接下来，事情发展得神速，远远超乎了我的预期。那位美术老师把我的画给了更多同行，他们一致认定我是千年一遇的绘画天才，他们说："天啊，这作画的笔触！天啊，这奇妙的景象！天啊，这不可思议的构图！"

天啊，这些画得值多少钱啊。

我狠狠地赚了一笔，开始整日忙于画画。高中毕业后，我被一所著名的美术大学破格录取，开始了纯粹的画画生活。

有人帮我策划了个人画展，大获成功，我接受蜂拥而至的记者的采访，上电视节目，像一只被抽动的陀螺，不断地转啊转，没有停下来的契机。

但我始终保留着一个秘密，和很多很多年前的一样。我的近视越来越严重了，我开始看不清家人的脸，终于有一天，爸爸的五官从我眼里彻底消失了。

他对我的绘画天赋很满意,我赚的钱让他买了车和豪宅,让他渐渐忘却了我的近视。

有一天我对他说:"我看不见你的脸。"

"我的……脸?这算什么话?也是一种艺术吗?"他乐呵呵地回答,没有掩盖自己的真实想法。

"是。"我闷闷地应着。

现在走在街头,我总能看见无数个"呐喊"的人,和蒙克画得一模一样。

好像再也看不清任何一个人的脸,我做了一个无比真实的梦。梦里我的眼睛一下子又恢复正常。坐在教室里,每个同学和老师的脸都清晰异常,黑板上的字也看得清清楚楚、毫不费力。下课铃响过,我乖乖地在位置上等着什么。"啪",一个本子落在桌面上,我抬起目光,看到一张熟悉的脸,没有五官。

我一下子惊醒了,那个人是阿力。

不知从什么时候起,我和阿力渐渐失去了联系,长途电话不再打,回家时也不再见面。我们的生活像两个相切的圆,沿着弧线相聚,走过切点后又终将分离。

我叹了口气。梦终归是梦,梦醒后我依旧看不清别人的脸。

大学毕业后,我成立了画室。一切都办妥后,回到家,去原来的学校转悠转悠。

仲夏的午后,空气里有股热辣的味道,天空呈现天真烂漫的湛蓝。学校的树木撑开茂密的林荫,踏进校门的那一刻,我就走进了自己的回忆,那个世界清透冰凉,像一片森林。

沿着校园小径直走,我试图回想学生时代的欢声笑语。可是没有,压根儿没有这些东西,我能想到的,只有那个傍晚,作为好朋友的阿力陪我走过一段长长的路,可我始终是哭哭啼啼的。

我索性坐在那天的台阶上,抬头望着树林。我在想那天如果没有突然冒出画画的想法,现在会在哪儿?会不会还在为眼睛烦恼?会不会……

我听到身后沉稳的脚步声。转过头,长大的阿力站在那儿,一脸傻气地看着我。我说过了,这是我最喜欢他的地方。

是的,我还看得清他的脸。这个世界上,他是我唯一能看清楚的人。

"嘿!"我们一起说。

他很自然地在我身边坐下,好像我们都还是高中生一样。那段流逝的岁月是一个混乱的梦,我没有去画画,没有出名,我们没有淡忘彼此,一切子虚乌有。

我把头轻轻地靠在他的肩膀上,一如那个傍晚。

抬头望向树叶间的天空碎片,风晃动树叶沙沙轻响。我闭起眼,想起那首歌,不知怎么睡着了。

醒来时,已接近日暮时分。

我侧过脸,看向身边人——那个默默陪伴我许多年的朋友,那个冒傻气只会拼命安慰我的少年,那个日渐沉稳和我偶遇在高中回忆里的人。终于,我亲眼看见一个人的五官在眼中淡化,像轻飘的铅笔迹,最终不留痕迹。

我知道自己已经泪流满面。

 授课

学会设置一个光怪陆离的世界

这是我高中参加新概念作文大赛初赛投稿的作品，文风完全是"新概念式"的。整篇小说可以说是对我近视以后产生的所有联想做了一个整理和归纳。它有一个完全来自真实经历的开端——被父母发现近视，然后掉进了一个光怪陆离的世界——主人公开始看不清他人的脸，反而能感受到一个人的表情背后的真实情绪，凡·高、杜尚和毕加索一定都近视了，他们的画作完全照搬了近视者眼中的画面……这些想法不是在某天某个时刻一蹴而就的，而是在几年间发呆、神游的空隙里出现的，一直到我找到了一条合理的主线把它们串起来，才有了这篇小说。

我想说的是，当你做好准备写一个故事的时候，往往会觉得灵感的到来、情节的编排不过花费了几天甚至几个小时的工夫，但其实在内心深处，你已经围绕这个主题兜兜转转地想了许久。一部作品是点点滴滴的灵感的汇聚——一滴水滴足够重了，因为一个震颤掉了下来，我们要接住它。

课后学习书单

1. 张悦然著:《顿悟的时刻》,北京联合出版公司,2020年。
2. [美]罗伯特·麦基著:《故事:材质、结构、风格和银幕剧作的原理》,周铁东译,天津人民出版社,2016年。
3. [美]罗伯特·麦基著:《对白:文字、舞台、银幕的言语行为艺术》,焦雄屏译,天津人民出版社,2017年。

黄厚斌的写作课

- 写作要点
- 写作现场
- 授课
- 课后学习书单

文学冠军简介：黄厚斌，笔名黄守昙，1994年出生于广东汕头，青年作家、编剧，复旦大学创意写作硕士，现任教于广东财经大学华商学院中文系。曾获第十一届台湾林语堂文学奖首奖、第十三届澳门文学奖短篇小说公开组冠军、第四十五届香港青年文学奖季军、水滴科幻文学奖二等奖、南京大学重唱诗歌奖等奖项。作品发表于《上海文学》《萌芽》等期刊。

写作要点

从私下写作走向公开写作

文学大赛写作首先是受限的写作,具体可能体现在主题、字数、体裁和作者身份上。有些写作者可能认为写作应当是绝对自由的,不可接受命题,然而我们需要正视,文学奖项比赛和文学期刊一样,都是文学生态中的一种合理、自然的筛选机制。对于写作新手而言,把作品投到文学奖项比赛去,在匿名评审的机制下可得到公平的阅读,一般还会有详尽的评审记录,对于已有写作基础的新手而言,无疑是学习的大好机会。

日常写作和文学大赛写作也并非冲突的,对于很多疏懒的写作者(比如我)而言,文学大赛的截稿日甚至有时候能激发创作者的战斗力。当然,这是写作动力不足所致,需要写作者自身去克服,但比赛作为一种外力,的确可以让我们保持写作练习。写作者有时担心自己会为了比赛而创作违心的作品,其实真正的量度还是掌握在写作者自己手上,这不该是文学大赛本身的问题。我们很难在比赛阶段就创造伟大的传世之作,所以不必给自己太多包袱,我们要认识到,通过文学大赛写作,我们大可锻炼、检验写作技艺,将之视为从私下写作走向公开写作的一条很适宜的道路。

写作现场

第十三届澳门文学奖公开组短篇小说冠军作品
手套之家

  自从父亲换了工作,家里的收入就有所增加了,为了庆祝一下,母亲决定全家去吃一顿大餐。大概用了半小时,母亲才化完"简妆"。眉笔、口红、粉底、腮红,她有着娴熟的手法,我们管这套仪式叫"画皮"。

  我问她:"你看过周迅演的《画皮》吗?"她反问我:"我有那么好看吗?"她坐在梳妆台前,一边对着镜子压低上唇,把人中撑长,然后压低下巴,触电般快速微笑,又快速平复。她总讲,口红涂得好不好,得通过笑容才看得出来。通常我都不置可否,只知道她肯定未看过《画皮》。

  在玄关穿鞋时,母亲又瞥了一眼家里的阿姨,她吩咐她记得将衣服从阳台收下来,折好,放进各人的屋子里。阿姨含糊着回答,语气是不耐烦的。

  临出门,已经穿好鞋的母亲又返回屋里,把在沙发缝里夹着的电视遥控放入她的手袋,得意地看了我们一眼。从家到餐馆的路上,她一直讲阿姨的坏话,讲她爱偷懒、偷看电视、工作时间打电话……一见到街

坊,她会立刻换副面孔,闪电般微笑,和人家说:"又出去买菜啊?我们今天出去吃!"还会顺带问候对方的孩子去了哪所中学,家里的老人去了哪家养老院。我们家的三个男人就站在一旁,等着,一直等到对方不好意思了,母亲才回到我们的队伍中来。

我们习惯沉默,在餐厅也是。母亲是"话筒"的唯一拥有人,她从不期待得到我们的回应,只见她戴着手套一边往嘴里塞寿司,一边如同开关被突然按下,喋喋不休地抱怨起来——抱怨阿姨、抱怨中介、抱怨环境,直至被芥末辣出眼泪才收声。从餐桌上的免费纸包里,她快速抽出面巾纸,就像魔术师一样,刚要扑上脸时,又突然谨慎,可能是怕破坏了她的妆容。

母亲泪流不止,却依然给每块寿司上都涂满芥末,似乎要借此机会不吐不快。我和父亲安慰她,仿佛她是真哭了一样。可惜母亲不领情,她自顾自地讲:"你们就当红脸好了,白脸我来当。"过了一阵好不容易平息下来,她又突然讲:"我现在就要给中介公司打电话,要求换个阿姨。"父亲说:"先吃饭啦。"她不依不饶,瞪大了眼睛,伸手到包里拿电话,在我们三个人的注视下,她将电视遥控器掏了出来,我们自然笑出声。弟弟揶揄她:"你打吧,打吧。"她在一旁哭笑不得,又抬起头不许我们笑她。

母亲隔天就炒了阿姨的鱿鱼,又重新请了一个。那天,我放学之后去接弟弟,负责确认接送的老师说:"你弟弟已经被阿姨接走啦。"一时间,我以为是别人接错孩子了,我很焦急,给家里打电话,得知弟弟已经在沙发上舔着本属于我的雪糕,接电话的是新来的阿姨。

回到家,我看见一个皮肤黝黑的中年阿姨正在厨房煮饭。她回头看我时,露出了一排白牙,用一声蹩脚的广东话问我:"你返来啦?"她一边把切好的西红柿放进锅里,一边问我是不是哥哥。我觉得这是不答而知的问题,反问她:"不然呢?"她像是没料到我会这样回答,动作明显迟滞了一下，我想她会觉得我们是不好相处的人家吧。

过去，对新来的阿姨，母亲总会先来个下马威，冷言冷语几天。或许还是不够像母亲，我比她更容易心软，我对新来的阿姨说，我放学去弟弟的学校，没接到人，讲完也没有等到她的解释。来到客厅，弟弟正斜躺在沙发上，十分悠闲地看着动画片。我问他："作业写好啦？"他一下坐直身体，似乎想讲什么狠话来反击我，我没有留下空隙，即刻又问："怎么回事啊你？见过她吗？你就跟着她走！如果是坏人怎么办？"

可能是我气势十足，也可能是他吃人的嘴短。他小声嘟囔着："她是拿着家里的钥匙来接我的。"我更加生气："这个锁匙扣，周围随便一个人都有。"那个锁匙扣是澳门回归十周年的纪念品。弟弟不再讲话，他低着头，偷偷瞄着电视。我问他："今天仪仗队的表演怎么样啊？"他没有转移视线，只是嘴上讲："挺好！"以前他只会讲"不就那样吗"。新来的阿姨端了一盘西红柿炒蛋出来，让我们趁热吃。我双手交叉在胸前，质问她："这么早做饭干什么？"她回答："弟弟饿了，先煮点儿东西垫肚子，顺便让你们试试我的手艺。"我不再理她。

新阿姨站在一旁，笑盈盈地看着我和弟弟吃饭，她做的西红柿炒蛋不错，不知道是西红柿选得好，还是菜炒得好。

新阿姨让我们叫她曼达，她讲话时总是笑眯眯的。母亲对她冷言冷语几日后，她便开始礼貌地对待曼达，譬如，见到我没和阿姨打招呼就叫人家帮忙，或者在阿姨盛饭时忘记说谢谢，母亲就会教育我："你不可以这么没有教养！"她生气的面孔，有时令我怀疑，她会不会是一个自嘲高手。有一次我感冒，瘫在床上不想换垃圾袋，一边玩手机，一边大声要求曼达帮忙换垃圾袋。被母亲听到后，她冲入我的房间，对我说要先叫一声"阿姨"或者"曼达"，之后再讲自己的要求，这样才有礼貌。母亲戴着一次性手套，上面粘着一片黑色的药渣，头发散开,我很少见到她这样,她平常总是精致模样,我没想过她会亲自煮中药。

母亲教训完我就出去了。只见阿姨端着一碗凉水,步伐小心地走进来,我正看着电子鼓的视频,便让她把水放在桌子上。曼达换好垃圾袋后,坐到我床边的椅子上,她凑近看了我手机屏幕一眼,又把药端起来,说:"你喝了它再看。"她的动作让我很不高兴,她不该这样,就连母亲也从不偷窥我的手机屏幕。

我吸了吸鼻涕,说:"我已经好了,不喝了。"她不依不饶,但始终保持笑脸:"你如果把药喝了,明早我帮你排上海包饺王的煎包。"她知道我的弱点,街口那家上海包饺王出名地难买。老板来自上海,他的手艺附近无人可比,每个煎包都有十八道褶子,他能把白胖胖的面球煎得底酥顶油,汤饱不漏。煎包还没出锅,香味就已经飘过了三条街。

他一日煎出六锅,非常困难,有人劝他找个店员,或者让老婆帮忙,他都笑着摆手讲一个人就够了。原本他家的煎包也不算很难排,但被某个美食博主宣传过后,没几日,店前就排起了长队,来往的游客也会加入队伍,所以摊主每天只能留一锅给街坊。每当我抱怨的时候,母亲就会讲:"这些人怎么不去上海吃,明明生煎包是从上海传出来的呀!"

我"咕咚咕咚"喝了汤药,味道真的很苦。我一抬头看到曼达也是一张苦瓜脸。她接过空碗说:"还好我不喜欢喝中药。"我说:"你都不喜欢喝,还叫我喝?"她转过头,说:"我相信全世界的母亲都不会害自己的孩子。"又问我:"你爸爸最近是不是晚上都不回来吃饭?"我回答:"最近他排了新班。"

隔日,曼达将一盒水煎包放在我面前,叫我分两个给弟弟,她自己也拿起一个吃,坐在我床边。吃完煎包,她突然提起去排上海包饺王时,好像见到了摊主的老婆,她的身体不太好,时不时地会歪嘴笑。

我看到曼达拉下脸，一阵沉默，她抬起一次性筷子又放低，看上去很不安。后来我才知道，原来曼达的丈夫已经去世了，留下她和她的四个儿女。记得有一次洗碗，她不小心让手机沾了点儿水，就跑来向我借吹风机，母亲跟她讲过，吹风机是要申请才能使用的。她的手机很老，是早一代的那种，我看着她把手机电池的外壳卸下来，里面掉出一张小照片，是她和五个小孩。她很高兴照片没有受损，还将它递给我看。上面没有她的丈夫。

我问她："你的孩子吗？"曼达指了其中一个，说："这个不是，这是我姐的孩子，其他四个是我的孩子。""他们的父亲呢？"曼达迟疑了一下，然后回答我："台风时出海，去世了。"我不敢再问，怕触碰她心里某处柔软的伤痛，但她脸上并没有表露出忧伤，甚至还笑了笑，像是反过来宽慰我。

晚上躺在床上，我想起曼达的儿女们，他们虽然黑黑瘦瘦的，但充满活力，那该是一个很吵闹的家庭吧。我觉得曼达应该是很难的，我无法想象与四个岁数相近的小孩一起生活的场景。有一个弟弟，就已经够我受的了，他简直是小猴子上身，闹腾得不行。自从他进了学校的仪仗队，就越发自以为是了，他被安排做大鼓手打大鼓，一首歌下来，只需要记得几个节点就够了。他那双打鼓时才戴的白手套，被他视若珍宝，他说仪仗队不是谁想进就能进的。

我曾天真地想过，要向学校申请一个科学研究项目，研究曼达家的四个小孩是如何共处的。可还没等我的想法实现，曼达就和弟弟起了冲突。冲突是由弟弟那双白手套引发的。曼达每次想帮他洗，他都拒绝人家。为了这双手套，他甚至用自己的零用钱买了一块肥皂专门清洗，说过很多次不允许曼达帮忙。我一度以为他们俩的关系不错，因为曼达很纵容他，总替他处理"尾巴"，帮他掩盖一些"罪行"，弟弟也经常在母亲面前暗示：曼达对我真好！我最喜欢曼达了！听上去倒像是一种策略,一种试图引起母亲嫉妒的策略,鹬蚌相争渔翁得利。

有一天,他结束仪仗队的训练回家后,就进浴室洗好了手套,到阳台时遇上曼达,她说她做这些事就好,结果还是遭到弟弟的拒绝。弟弟撒娇地说:"这个我自己来就好,我长大了,要自己负责的。"出了阳台,弟弟又偷偷和我说:"曼达洗碗、收垃圾,手肯定脏死了。"当他讲这句话时,曼达正在阳台上晾我们的袜子。

"海燕"浩荡而来,风雨骤急,曼达把手套从衣架上收起来。多次预警后,学校决定第二天放假,弟弟知道隔日不用上课,兴奋过头,玩了通宵游戏,睡到中午才醒来,他一醒来就见到自己的手套和父亲工作戴的手套、母亲卖表戴的手套放在一起,他非常生气,坐在餐桌前,有意无意地发脾气,打翻橙汁,将饼干袋里的碎渣倒在椅子上。曼达没有露出半点儿生气,只是一个人静静地收拾。我想,也许这是她从四个子女身上磨砺出来的。

台风过后,曼达请了一天假,她和她的朋友出去了。我放学回家时,经过上海包饺王,有个邋遢的女人坐在地上哭喊,人群包围住她,曼达也在人群中,她见到我,就和我一同回家了。路上,她说:"摊主转行了。"我说:"那以后岂不是吃不到了?这么好的生意,怎么就关门不做了?"曼达没有接我的话,她只是努努嘴,好像有些沮丧。

在我们的中学里,好多同学的家庭都是手套之家,他们的父母和我的父母一样,要么做体力活,要么在名品店里工作。曼达曾讲:"我不明白,为什么这些工作要戴手套,又不是医生。"未等我应答,弟弟就接话:"只有你洗碗时才不戴,别人工作时都戴手套。"她突然不好意思起来,揉着手指的关节,说:"我不习惯戴手套洗碗,觉得洗不干净。你看,包饺王的摊主也没戴手套,包包子的时候,手指多快!"

有一阵子,母亲心情不太好,她总抱怨自己事事无成,工作业绩提不上去,而父亲也没有安慰她。在这关头上,我和她吵了一架,她嫌我的英语成绩不好,觉得我爱玩,不学习。骂到最后,她才讲到重点:"我绝对不会给你买电子鼓的。"我非常不高兴,大声回她:"不给就不给!谁稀罕你送我!"

有一天,曼达走进我的房间,她捏着那双粗糙的手,很久才开口,问我买鼓还缺多少钱,她想借钱给我。我想赶走她,但没有开口的力量。

母亲很快就给我报了培训班,恶补英语。为了防止我买电子鼓,她给我的零用钱都比以往少了。

但不幸的是,我还是被母亲发现了有电子鼓的事实。一天,她一下班到家就问我的英语成绩,还查看了我的英语试卷和作业本。她的白手套都没来得及摘下,这使得她翻动纸张的动作,看上去如同侦探勘查现场一样。我的成绩略有提升,她没处下嘴,只好直白地问:"你买鼓的钱,哪里来的?"

"我没有买啊,你不是不给我钱吗?"我如此应道。

"还骗人!我什么都知道了!"我依然不认,甚至心里想,会不会是曼达出卖了我,我看了她一眼,她有点儿惊讶,像是没料到会有这样一场争吵。母亲见我矢口否认,说出是我同学的母亲告诉她的,也不知道那个阿姨是有意还是无意,对我母亲说我经常到她家里打鼓。

曼达很同情地看着我,她无能为力。母亲突然说:"如果你英语还拿不到前十,我就把曼达换了,换一个严格一点儿的阿姨管你!"曼达走到母亲面前,非常恐惧地说:"不要,不要!"母亲冷冷地说:"就看他了!"她朝我抬了一下下巴,好像自己是无辜的。

大概是半个月后的一天,当我将成绩单摆在母亲面前时,我没想到,她坐在沙发上,只是叹了口气,说:"花了那么多钱送你去补习班都没用。"我看了看父亲,他在一旁吃着水果,没有出声。曼达正拖着地,远远地,把拖过的地方拖了又拖,就是不靠过来。父亲用牙签戳了一块菠萝给母亲，母亲皱了皱眉头说："哪有心情吃，你看他这个成绩！我之前说过吧，成绩再提不上去，就把曼达辞退，换一个严格的阿姨管他！看来是时候了吧！"

我看向父亲，他倒是不动声色，他就是这样的人，不会为我解围，像是一切都与他没有关系。他还是那个日夜颠倒的、劳苦又不辞劳苦的父亲。

弟弟听完母亲的话有些着急，他指着我的鼻子骂："你考得不好，凭什么曼达替你受惩罚！"他跑到曼达面前，"曼达你不要走！"曼达拖地的动作顿了一下，她望向母亲，抱歉地笑了笑。弟弟如果再聪明一些，也会清楚他的举动对曼达非常不利。

曼达准备离开的那天，走到我的房间，向我借吹风机，她在这个家里做的最后一件事，竟然是吹头发。我迟疑了一下，但还是借给了她。吹风机的声音响起，那声音里带着一种残忍的焦味，接着我就听到了来自背后的哭声。我只好拿纸巾给她，她说："你要好好学英文。"我说："好。"

这时我想起来还欠她钱，我赶紧把欠她的钱递给她。曼达没有接，"不用了，你留着吧。"讲完她还笑了，"我有礼物要给你。"我心想：她能给我什么礼物？"这是我给你的礼物，我知道你打鼓……"她慢慢地从衣服口袋里抽出了一个袋子，是那种超市的塑料袋。想必不会是什么贵重之物，我打开，往里面一看，看不出是什么，只好拎出来，原来是一双崭新的白色手套。

我很惊讶，也有些失望。曼达看到我的表情，一脸疑惑，她焦急地问我："打鼓时可以用，不是吗？"我摇了摇头。她失望地努了努嘴巴，叹了口气，从我的房间退了出去。屋外的光慢慢地被门夹得越发稀薄，直至消失。

 授课

留心事物之间的共通点

《手套之家》写的是一个澳门家庭的故事。这篇小说的起点是一次访谈,我打电话采访了一位澳门的朋友,他告诉我许多关于他家庭与学业的故事,他的父母虽然职业不同,但都要戴白手套工作。我感觉这非常有意思,问他:"他们的工作都要戴手套,那我可以写《手套之家》吗?"他笑了两声,似乎没有听明白,我想这大概是写作者的敏感。

手套,它是工作、服务的象征,有的手套戴上,是怕弄脏手;有的手套戴上,是怕弄脏东西。手套是贴着皮肤的物件,当你戴上手套的时候,你的触感会下降,它取消了指纹和掌纹等一切个性的特征。作为一个隐喻,它矛盾、复杂,又极度生活化,在我们的日常中轻易可见,很适合现实主义的题材。

在写作《手套之家》时,我学习到的是如何在素材中捕捉合适的意象,如何从意象中再阐发主题,如何在这个主题之下,创造出一个复杂的家庭,一个亲人之间永远有着界线的家庭,又如何从中展开故事。《手套之家》中,故事的核心人物是阿姨曼达,故事的开始是她进入手套之家,故事的结束是她被辞退离开。

在写作《手套之家》时,我试着运用了粤方言,这是在小说语言上

做的实验。在小说写作中,方言能冲击以普通话为标准语的系统,让旧的语言产生新的异质性,比如金宇澄的《繁花》、班宇的《逍遥游》《冬泳》等。方言是很有生命力的,方言像是一个微观舞台,一个展示此地民风与民间智慧的舞台,在塑造地域空间上的真实感,它能起到很大的作用。

课后学习书单

1. 王安忆著:《心灵世界》,浙江文艺出版社,2020年。
2. 王安忆著:《故事和讲故事》,复旦大学出版社,2011年。
3. [俄罗斯]契诃夫著:《契诃夫短篇小说选》,朱宪生译,商务印书馆,2016年。
4. 莫言著:《蛙》,浙江文艺出版社,2019年。

方嘉英 的写作课

- 写作要点
- 写作现场
- 授课
- 课后学习书单

文学冠军简介：方嘉英，"90后"作家、编剧，热衷科幻题材创作。曾获《小说绘》第三届MKT文学大赛全国冠军，电影剧本《第十三种爱情》入围华语电影节"华语青年影像论坛"的"新青年制造·项目创投"。作品发表于《小说绘》《萌芽》等期刊。

 写作要点

任何写作都不应只写给自己看

文学大赛往往是命题的,但又很自由,举办方会给你一个引子,或是一段话、一个图片,接下来就是你自主发挥的时候了。评委们更多的是考察你的表达方式和你眼中的世界。同样一个题目,你的表达方式有趣,你眼中的世界更奇特丰富,那么你是赢家的机会就更大些。所以,我参加文学大赛的每一篇文章往往风格迥异,民国风、古风、科幻、悬疑我都有尝试,只要我认为哪种表达方式更适合这个题目,我就会选择哪种。

日常写作其实和文学大赛写作异曲同工。无非是命题人成了你自己,因为生活不会在这方面吝啬,每一天都会有无数的信息展现在你眼前,你的脑海会一直处于一种信息风暴之中,抓住自己感兴趣的风眼,找到合适的命题,然后写出来。

日常写作有个误区:很多人觉得日常写作就是写给自己看的。哪怕你最私密的日记,在表达形式上都是给别人看的。最内向的作家,也是善于表达的大师。你的文字是你与世界沟通的一种语言,所以文学大赛写作实际上和日常写作没有本质区别,更多的是形式上的区别。

> 写作现场一

《小说绘》第三届MKT文学大赛冠军六进四作品
逆天

一

"人类为什么非要争这天下呢?"

"因为他们想成王。"

无根结草支起身子,望了望沟壑外面。它看见不断有人影仓皇北去,看来这一场战争又分出了胜负。

"真羡慕你啊,可以到处漂泊,不像我这朵野花,硬是在这沟壑里待了百年,不过我快化成人形了。哎,你呢?"

"结草需要五百年才行。"结草听见了铁蹄声涌向了北方,"我得走了。"

"又要去漂泊?我们还能再见面吗?"

"我不知道。"

"我叫琳音,琳琅的琳,音乐的音。"

"嗯,我记住了。琳琅之音,真是个好名字。"

结草顺着一阵风飘了起来,像一缕烟气,浮在了很高的天空中。

这时,一首好听的小令伴着清淡的花香顺风而来——

多少恨，
昨夜梦魂中。
还似旧时游上苑，
车如流水马如龙，
花月正春风。

野花在沟壑中柔声吟唱着，这首江南小令是结草之前教给她的。可最终，结草融进了高处的几缕硝烟中不见了身影。

二

后周显德元年。

这一年北方的寒潮来得很早，自入秋以后，开封街头满是早早干枯的落叶和流离失所的百姓。守城的军士今日开恩，未曾赶他们去更远的地方。若是往常，一阵萧瑟的秋风便可以刮过整条街道。

入夜了，宫中灯火阑珊。

跪在殿外的人依旧跪着。

殿内有一根结草一直躲在供桌的上面，贪婪地吸着渺渺的供香香气。

"可惜了。"

结草精一愣，以为出现了幻听。

"可惜了啊。"

声音突然拉近，像是一缕很远的银丝突然穿过了它的耳膜。

"谁！"

结草精吓得滚到了地上，狼狈地变回了原形——一根婴儿胳膊粗的结草。

"结草成精,这乱世还真是无奇不有。"

"你是谁?"

"我是谁并不重要,你觉得此人如何?"

这个声音又拉远了,结草精寻不到他的踪迹。

结草精又变回了一小片结草,重新飘回了供桌上。

"你愿意替别人成为王吗?"

结草精一愣,香气便趁空透过它纤细的身子飘到了空中。

它是根漂泊于各个战场的无根结草,那些为了天下而厮杀的人们常把血洒在它的身上。百年的漂泊让它经历了许多的战役,各种战术、阵术冥冥之中它早已精通。若上天赐它个人形,它有信心成为一代霸主,但化成人形没有五百年道行是不可能的。

可如今,一股无形之声却问它:

"你愿意成为王吗?"

号角声交错,呐喊如狼,铜与铁相碰,这些似乎又回来了。

结草精优雅地化作一团真人高的白光,落在了地上,它对某个方向缓缓作了个揖。

"请赐教。"

"很好!"

弥漫在半空的烟气不知何时已淤积成了一朵浅白色的云朵。

"我是自古以来那些含恨而死、未完成统一大业的帝王的执念,在上一任帝王死后,我终于成精,有了意识,但只能在灵位附近游走。我可以让你附身于即将即位的人的体内,让你有人形并拥有他的记忆。"

"请继续说下去。"

"你要让我附在你的元神里,带我离开这里!你放心,我不会伤你的元神,一离开大殿我立即出来!"

结草精不说话了,白光也若隐若现。让别的妖精附在自己的元神上是件相当不安全的事情，万一元神被毁，自己将万劫不复！

"无根结草，生于战场。你要化作人形还要等上几百年，为何不现在赌上一把？你不觉得这个世间本身就是一个局吗？妖物活一辈子能有几次机会左右神设下的局呢？"

结草精身子微颤，白光闪闪作亮。

"好，我愿意帮你！"

"嘿嘿，有魄力！但还有一事我不想瞒你。"

"什么？"

"你只有五年时间去平天下。"

"五年？"

"没错，五年。五年后，平了天下，你就可以永远占据这个身体；如果不能，你将会重新化作一棵无根结草，而我会继续为你平天下！"

"用百年的修行只能换取五年光阴？"

那团云朵缓缓上升，又变回了一片缥缈的烟气。

"那……你要附在谁的身上？"

"典掌禁军首领！"

那团烟气沉了下来，完全把结草包裹了起来，暗暗地说出了自己的计划。

夜风透过纸窗户吹灭了殿内的灯，殿外的大臣们都没有察觉到殿内有一灰一白的烟气正在相互缠绕着。

过了会儿，它们便达到一个极致点，然后化成了一个浑圆，钻进了早已选择好的对象的身体里。

三

"吱——"

门开了，跪在地上的大臣们连忙回到原地。

"一日后，朕要在叔父灵位前登基。"

四周一片寂静，大臣们依旧跪着。

"前方刚才来报，北汉大军勾结契丹一并来袭，李将军已退回潞州！"

"一日后，朕要登基！"

忽然而过的夜风让这句话响彻了整个宫殿，还有一缕淡淡的烟气也顺势融进了这苍凉的夜里。

一日后的登基大典礼部侍郎准备得很妥当，后周上下都被免了一年的税收，狱中的囚犯也被大赦了不少，只是临时挂在开封街头的红灯笼依旧掩不住这个季节的萧条。

三日后，大殿内。

"典掌禁军赵首领到！"

殿外一声又一声地把这个消息传了进来。龙椅上的结草戴着通天冠，感觉脑袋有些沉。

向他走来的赵首领是七尺身材，留有胡须，脸上满是严肃，但结草却从那张脸上看出了掩不住的野心和兴奋。

"吾皇万岁！微臣来迟，请恕罪！"

"平身吧。"

结草收回了心思，又看了眼他，随即沉声道：

"朕决定要亲征北汉。"

此话一出，朝中一片哗然。

"臣以为不可！"

"民心未定，亲征百害而无一利啊！"

"不必多说。"结草故作不耐烦地挥了挥手,然后说,"赵爱卿与我一并亲征。"

"臣遵旨!"

四

在去往高平的路上,四周都是起起伏伏的山峦。直到转过一道山壁后,视野才开阔起来,可阴沉的天在这开阔的视野中却更加显得无边无际了。结草和赵首领骑马走在大军的前面。

"你有什么打算吗?"

"他们趁后周大丧期间来进攻,必是轻视我年少没有经验⋯⋯"

"大胆草民!竟敢拦路于此!"

远处传来某个折冲都尉的怒吼。结草眉头微皱,有些不满。

"是个妖。"赵首领说。

结草稍做犹豫,然后喊道:"送那人过来!"

前面的先锋士兵们急忙让出了一条路,两个折冲都尉用一块大布裹着一个人快步跑了过来,然后放在了地上。

隔着布,结草见那里面的人有些曼妙。这时,一阵风突然吹过,撩开了那层粗布,迎面带来了一阵熟悉的花香。

是一个女子,她穿着一身素衣,有着标准的南方女子的模样。她眼睛微闭,睫毛微翘,嘴唇微张,皓齿微露,一副熟睡的样子,由于脸上沾满尘土,还颇有些狼狈和楚楚可怜。

"琳音?"结草脱口而出,他突然记起了当初和他有过交集的小花妖。

"带她去后面休息。醒后好好招待,记住要让她独自骑马来见朕!"

即使这样连日赶路,北上一路的风景依旧单调。大概是乱世的缘故,到处都是荒田。天空没有放晴,高处的北风把云吹散到了远方。

"嗒嗒嗒。"

背后的马蹄声由远到近,结草收住缰绳,转过了身。

琳音依旧穿着那身素衣,但脸上的污垢已经被洗净,她的一头长发大概也刚刚擦拭过,乌黑如墨。还有那娇小的嘴唇,依旧上翘,像是受了什么委屈,惹人怜爱。

"你不是说结草需要五百年才能成精吗?"

"我是附身在这个人身上。"结草一笑,然后指了指赵首领,"是他帮的我。"

赵首领转头一笑,扭开马头,在自己和结草之间空出了一个位置。

入夜了,临时的军营里炊烟四起,星星点点的篝火跳动在许许多多的帐篷前。士兵们难得休息,于是偶尔会响起一两句后周的民谣。

结草靠在华丽的马车旁,独饮一小壶美酒。十几个贴身护卫在不远处站着,如同一个个铜人。

"喂!"琳音蹦蹦跳跳地过来了,"我带你去个好地方!"

"哪里?"结草一愣。

"问那么多干吗?跟我走就是!"

琳音小嘴一噘,不由分说地拉着结草的手要他起身。结草心头一跳,感觉自己是被一条细腻的丝绸拽了起来。

大概过了小半炷香的工夫,琳音就把结草带到了一片芦苇塘子前。这片荒野之处的芦苇塘子早已干涸。

"进来啊!"琳音笑着先把他推了进去,然后四处拨动起身边的芦苇。虽然入秋了,但这片芦苇里的萤火虫却因远离了人烟而显得格外地多。

结草看见琳音不停地穿梭在这片干涸的芦苇塘子里,像一个好动的精灵。

过了会儿,琳音又如同一只兔子一样蹦回了他的身边。

"躺下吧。"

倒在地上的结草看到他的眼前是一片星星点点的萤火虫群,那淡绿色的光如同一颗颗离他很近的星星。它们在半空中缓缓飘动着、飞舞着,轻盈而美丽。

琳音也躺了下来,她清淡的花香让结草眼中的"星空"有些失真。

"我们多久没见面了?"

"一百年了吧。"

"这片星空算是见面礼咯。"

"谢谢,这是我见过最美的星空。"

离两个人不远的地方,赵首领也在马背上欣赏着这片少有的荒野美景。

过了会儿,这片"星空"才黯淡下去。赵首领掉转马头,一声不吭地走开了。

五

在行军的第四天,向西连成一片的云朵上勉强裂了几个薄薄的口子,可阳光依旧从那里钻了出来。但是淡淡的,只染黄了一小片,如同一个个发了炎的伤口。

点点猩红浮现在天际之处,它们逐渐聚在了一起,形成了一片规模不小的军队。

"令前锋出击!"结草转身对一旁的赵首领说道。

"明白。"

赵首领掉转马头,用力甩下马鞭。骏马随着一声长嘶就飞奔了出去。

过了会儿，天空上的云朵已收起了伤口，后周前锋的所有铁骑都散成了一条线，战马在这样的天空下不安地踏着蹄子。

结草驱马向前，然后停在了坡口。他抽出了剑，剑划过鞘的声音有些刺耳——

"杀！"

这一个简单的音节引发了身后铁骑们的前仆后继，他们如同炽热的铁水，汹涌地流向了另一边的北汉军队。

结草看到不远处的黑与红终于交错在了一起，震天的厮杀让他感觉自己成了不败的战神。

可一直忙于冲锋的他并没有发现后方的步兵大军已经跟不上自己的步伐。

六

三日后。

赵首领叼着一根草，若无其事地看着不远处的北汉契丹联军。

"我想我们中计了。"

结草在山头，在那儿可以看到远处的另一个高地被黑压压的一片北汉契丹联军占据。天空在此时阴沉到了极致。

"命令白耿与侍卫亲军马步军都虞候李猛统率左军在西，樊昕、何玫统率右军在东，吴温、史程略率领精骑在中间列阵！"

赵首领吐掉了草根，并没有立即去传达命令，"他们人多，如今下面的士兵都有些胆怯。后援今日或许可以赶到，可我们到底能否坚持到那时呢？"

"我不知道。"结草阴着脸，"你在怪我冲得太猛了吗？"

赵首领不再回答，他转过马，策马而去。

"我的法力并没有恢复太多,帮不了你。"

"不用,你只要留在我身边就好。"结草仰起了头,望着天,"我是在逆天,谁也帮不了的。"

七

铁色的洪水再次奔涌而下。

红与黑在这天地间猛烈相碰,天空被惊得响起一声炸雷。

虽然逆着风,但骁勇的后周士兵依旧击溃了北汉一次又一次的攻击。

结草缓缓拔出了剑,古铜色的剑身在淡淡的阳光下依旧寒气逼人。他的身后是仅剩的一千禁军。

"杀!"

结草驱马而下,他身后的一千禁军如同一支夺命箭镞,猛地射向了战场上的敌人。

"吾皇英勇!誓死护驾!"

挥剑,呐喊,结草的眼前充斥着红与黑的颜色。不断有鲜血洒在他的身上,强劲的铁蹄声在他四周来来回回响个不停,整个战场上弥漫着迎面而来的血腥味。

这就是极限了?柴荣粗略地点了一下人马,发现少了六成。而对面则还有上万的北汉军队和一直没有动手的契丹铁骑。

对面的北汉军队再次调整好了阵势,可就在他们准备再次出击时,风向突然转了。

突然变卦的风向让狂野的北风似乎成了第一个冲出去的后周骑士,它率先奔腾在战场之中,凛冽的风声似乎是在召唤身后的同伴。

"杀!"

后周骑兵开始了真正的反击,他们迅猛地穿梭在慌乱的北汉军队之中，每个后周骑士无不以一敌百。

只是没人发觉,战场上隐隐约约地响起了一首江南小令。阴沉的天空上似乎有花香从天而降,这花香顺着风,冲去了结草身上的血腥。

多少恨,
昨夜梦魂中。
还似旧时游上苑,
车如流水马如龙,
花月正春风。

骑在马上的结草心脏猛地一缩,痛楚从心里蔓延开来。

那个微嘟着小嘴的小花妖呢？为什么我只能嗅到她的香气却见不到她的人呢？

八

雨下得正大,后周的大军终于赶了过来。北汉的百余骑兵狼狈脱逃,契丹铁骑也仓皇而去。

赵首领找到了雨中的结草,这个新皇帝此刻正跪在地上,空洞无神地望着有雨的天。

"是她,用元神逆天化成了北风,不然我们是无法坚持到援军来的。"

赵首领走到了跟前,也跪了下来。一道闪电划过天空,照亮了天空那痛苦的脉络。

"我们原以为自己逆了天,却依旧顺着上天设下的局走到了这一步。"

"所以,我再多给你半年,用五年半的少颜岁月去逆天吧！"

炸雷轰然而下,仿佛是在回应赵首领方才说过的话。

士兵们目瞪口呆地望着年轻的将军和新皇帝。这本是场以少胜多的胜仗,本该高兴,但他们却跪在雨中,像两个失去了同一件心爱玩具的孩子,那么悲伤,让人不敢打扰。

九

显德五年十一月,秋。

三年前,后周大破西川军,使秦、成、阶、凤四州相继归附,震惊中原。随后,结草三次亲征南唐,尽夺其江北之地,几乎得到了大半个中原。

没人知道这个年轻的皇帝为什么要如此焦急地攻下一座又一座的城池,只知道他几乎战无不胜。后周的士兵们常说皇上曾经在高平之战的时候认识了一个南方女子,后来这女子突然走了,大概是回到了江南之地,而皇上也大概是想去找那女子吧。

这个说法在军中是不敢传的,倒是在民间说书人的嘴上成了动人的故事。

显德六年三月,春。

结草终于踏上了北伐契丹、收复燕云之路。

在北上的路上,三月的寒气依旧让路边的荒野满是死气沉沉的灰土色。但后周的北上大军却斗志昂扬,因为他们不久前连战瓦桥、益津、淤口三关,几乎战无不胜。

可就在临近幽州城的时候,结草忽罹暴疾。这个还算年轻的皇帝在仅仅一昼夜之间就苍老了数十岁。

幽州以南，残阳似血。北方的野鸟在四处乱叫，显得颇为凄凉。

"我快死了吧。"结草呆呆地望着那西方的一抹红晕说道。

"幽州在那儿。"坐在结草身旁的赵首领指了指北方，回避了这个话题。

"我逆天了吗？"

"嗯，五年便有这般成就是我没有想到的。"

"我想起了琳音，在人类绝无仅有的少颜之光里，我和她相遇了。琳音一定会重新化为一朵人世间最美的花。而我也会重新变回一根结草，守在她的身旁。等到了夏季，有了萤火虫，我还会和她一起看星星……"

结草的声音越来越低，最后逐渐成了呓语。赵首领静静地坐在他的身旁，一声不吭地听他说完了最后一个字。

他又等了很久，直到那荒野的野鸟又开始了乱叫。

它们是那么凄凉。

十

这一年的秋天，结草被厚葬于开封郊外，举国大丧。

翌年正月初三，赵首领发动兵变，带大军闯进开封城却未杀前朝的一兵一卒、一臣一将。

同年十月，赵帝率几千轻骑再次来到高平附近的一处荒野，那里有一座墓地刚被修好，它的旁边紧靠着一片干涸的芦苇塘子。

那是一个颇为华丽的墓地，随从以及修墓的工匠们都不知道皇帝为何要在这个地方修这样一座墓，也不知道他是准备埋葬谁。

赵帝随后支走了所有人，只拿着一支狼毫毛笔走进了墓穴里。

墓穴还没有封住，阳光透过顶部照在墓穴的墙壁上。

"我得了天下，而你却得到了她。

"她为你而逆天,你这五年的少颜倒也活得值了。

"相遇是件绝无仅有的事情。

"有些东西是怎么也无法挽回的。

"就好比这个墓穴,终究会有一日会被发现,可那关于你们的五年少颜却不会回来了。"

赵帝靠在墓穴的墙壁上,自言自语了很久。他一直坐在那儿,似乎回忆起什么就说出些什么。阳光轻抚着他的双鬓,仿佛也在帮他捋清那段时光的脉络。

"墓有重开之日,人无再少之颜。"赵帝说着写着。他把笔丢到一边,深深叹了口气,离去了,只留下石碑上朱红色的诗句。

他出了墓穴后,望了墓穴的位置最后一眼,率领着几千轻骑头也不回地走掉了。

授课一

借助资料让"虚构"有"真实"的可能

《逆天》是当初我用的一次险招,因为第一次写古风,还是妖物的古风,所以一方面查阅相关资料,另一方面在文笔上下足了功夫。当时查阅了宋初相关历史文献,以及相关历史人物,再结合妖物主角的身份,在尊重历史的前提下进行融合和改编。全文围绕"墓有重开之日,人无再少之颜"这句诗展开,这句诗是千年后被人在古墓中发现,仿佛专门为开墓之人所写的一样,让人不禁想起百年前泰戈尔的那句:"你是谁,我的读者,百年后读着我的诗?"文学的浪漫与默契不过如此。

几次不多的古风历史题材写作,让我总结了一个技巧:写历史最讨巧的方式就是只写某个人物,将历史包袱抛给他,将抉择扔给他。你需要打磨他的折射度,让他尽可能地去折射出那段历史。

写作是广义的,面对读者,你不是老师,也不是高高在上的神,不要用自己的想象力去替读者想象,要留下足够的想象空间给读者,让他们去思考,毕竟写作的目的正是如此。所以我创作《逆天》时,更多时候是作为一个旁观者,以自己的视角企图去讲述一段已经发生过的故事,而如何让读者相信又是另一个难点。正如上文所说的一样,在你企图用历史去讲故事时,必须阅读大量的文献,查清相关人物的关系图,以及相关朝代的大事件,才不会被抠字眼的读者发现悖论和端倪。

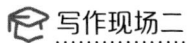
写作现场二

《小说绘》第三届MKT文学大赛冠军四进二作品
上海，上海

一

我的太爷爷住在乡下，那里离城市并不远，坐这辆巴士需要两个多小时的车程。

去乡下的路只有这一条，前半段路在去年就铺了沥青。

我坐在靠窗的位置上，无所事事地掏出了手机，解开锁，发现刘小瑞果然没有回短信。

和刘小瑞吵架是在一个月前，那次吵得很凶，从而导致两个人近一个月都在躲着对方。不，应该是我躲着她。

我并非爱生气的人，只是我觉得我看不透这个女孩。她就如同一本《沙之书》，你一辈子也翻不完，甚至到最后连书的页码也数不清。

我闷闷地把头扭向窗外。窗外有一溜枫树，树冠如同一条无限延长的火蛇，无头无尾。偶尔有一两只低飞的鸟突然闪过树间，除了模糊的身影便只留下了几声缓缓的鸣叫。

其实我总感觉这条路仿佛就是一个人的一生，路口处还是少年结伙玩耍，可一到路的尽头，便老得只有一个戴着老花镜的老爷子坐在椅子上晒着太阳看报纸。

二

"太爷爷,我来看您了。"

我刚下了车,就看见自家的太爷爷坐在门口翻着一沓报纸看。

"那个女孩呢?怎么没有一起来?"太爷爷合上了报纸,拿着小凳进了屋。

"因为讨论一件事情意见不合就闹别扭了。"

"臭小子!"

我没敢接话,只好挠了挠头,快步跟上。

屋内还保留着二十世纪的布置格局,正房一张八仙桌,左边是卧室,里面有冰箱和电视。

我们进了卧室,太爷爷坐在了背对阳光的沙发上,他精瘦的身子深陷在沙发里。太爷爷摘下了老花镜。

"我讲到哪儿了?"

"上一个桥段是那女孩答应了您的表白,第二天晚上您去饭店吃好吃的庆祝了。"

"那,继续——"

三

民国二十五年,七月,夜。

在旧上海,老人们印象中最多的是阴天。

而上海的阴天总是暗得很快,在饭店里,大厅中央的钢琴师在弹奏着一首快节奏的西洋曲子,洋洋洒洒,刺激着每一个年轻的心。

"哟!泽楠来了!"李志远冲张泽楠招了招手,随即对服务生说,"再来一杯'上海'!"

"新的品牌，味道很辛辣。"李志远把酒杯推了过去，张泽楠接住了杯子，坐在了高椅上。

"昨晚截取的密电已经确定是敌方陆军的了，但李婉姐让我们放弃。"

"为什么？"

"因为敌方陆军的密电极难破译。"

"反正最近比较闲，试试也无害。"

张泽楠用食指和拇指夹起高脚杯，然后缓缓转动这杯中的液体。酒是绛蓝色的，大概是因为加了某种威士忌。它的确有几分和"上海"相似，尤其是在颜色上。

他抿了一口酒。

"好吧。对了，我听说你和郑颖姐被安排在一起了？"

"嗯。"张泽楠吐了一口酒气，然后又有些不放心地补充道，"她比我们大不了几岁。"

"别紧张嘛，问问而已。你们才认识四个月吧？"

"是呀。"张泽楠透过掌中这绛蓝色的"上海"看见四周的一切都带着亘古的美感。

"可我觉得我们已经认识了一个世纪。"

"泽楠？"

"先走了，你少喝点儿！明天缺勤，先生又会唠叨。"

张泽楠不等李志远回答就拍了拍他的肩膀，然后随手留下几张钞票。大厅中央钢琴师的演奏也恰好结束，张泽楠踏着一叠小尾音离开了饭店。四周零零落落地响起了几声礼貌性的掌声。

四

第二天的上午，上海是难得的晴天。

学校今天的课程也是极好的，邻座的几个同学在议论户外体操课怎么找借口混出去,好去附近的女子学校看舞蹈比赛。

"泽楠,你准备全天学习?"

"我倒是没那个打算。"

"下节课一起翘掉?"

"去哪儿?""去女子学校看舞蹈比赛啊!顺便你也可以去找郑颖姐。"

"知道了。"张泽楠心不在焉地转着笔,答应道。

过了会儿,教室里的其他学生也渐渐走光了,偌大的教室里最终只剩下了张泽楠一个人。他看了眼怀表,发现离下节课还有一刻钟。

郑颖现在在做什么呢?上课吗?还是在和同事喝新磨的咖啡?

张泽楠轻轻划着钢笔头,感觉眼前的繁体字如同一团团乱麻,纠结住了他的心。

同天下午,在那家酒吧门口,郑颖素颜素装。

"去外海滩吧,散散心。"

"也好。"

两个人并肩走在上海的街头,来来往往的黄包车和他们擦肩而过。路边有卖烧饼的吆喝,几家甜点店里飘出了甜腻的香味。还有乞丐,他们在肮脏的巷子里不敢出来。

两个人一路上的话并不多,但好在这条街的尽头就是外海滩。

天空之下,这里的海更蓝了一些,或者说更像是"上海"酒。海浪冲了过来,留下了一堆泡沫就又退了回去,像一个苟延残喘的老人。

这里只有稀稀疏疏的几个人,海风徐徐吹来,虽然不大,但又恰好吹乱了郑颖的头发。

"你对我到底是什么看法?"张泽楠问道。

郑颖撩头发的手停了下来。而后,她突然转过身,一步跨到了张泽楠的面前,盯着他看了几秒,并没有给出答案。

五

窗外"呼呼啦啦"刮起了风,上海的今天注定阴沉。

"破译出来了前一段。"

五个人围在桌子旁,房间里到处都是涂满算式的废纸。

"八一三?什么意思?"

"应该是个日期,我想后一段才是重要内容,按照破译前一段的规律破译后面的应该不难,大概过几天就可以知道是什么了。"

"要不要告诉组织?"

"先等等吧,等我们完全破译出来后再报告上去。"

"也好。"

其他人都散开继续查起了资料,过了会儿,密码机又"嗡嗡嗡"地响了起来。

坐在椅子上的张泽楠看着手中的"八一三",觉得它如同魔鬼一样。他记得父母正是因为破译了敌方某高层的出行事宜才被杀死,当时给出的借口极其不堪,可对于当时的情况来说,能给个借口再杀人已经很不错了。那时没人意识到破译者的重要性。

"八月十三日,你们到底想要干什么?"

张泽楠死死地盯着手中的纸片,沉吟了好久。

下午的时候成员们都散了,张泽楠在饭店又约见了郑颖。

他们点了两杯"上海",坐在了角落处。中间的钢琴师在演奏贝多芬的曲子,这让室内的气氛和外面的阴天有些格格不入。

"最近怎么样?"

"老样子,上课、破译、见好友。"

"哦?好友?"

"你啊。"

你到底有没有当我是朋友呢?

这句话张泽楠并没有问出口,他只是闷头又喝了一大口"上海"。

真是辛辣。

贝多芬的《欢乐颂》依旧洋洋洒洒地充斥在空气中,它像一堵虚伪的玻璃墙,竖立在了角落处默默无言的那对朋友之间。

晚些时候,郑颖说自己有了乏意,要回去休息,于是张泽楠送她到了外面。

"我自己回去就好。"

"哦。"

张泽楠没多说什么,他望见郑颖走远后,便顺着和郑颖逆行的街来到了海边。

那里有成群的海鸥飞来飞去,天空和海洋挤在很远处的一条线上,偶尔有靠近的海鸥发出难听的怪叫,张泽楠坐在沙滩上细听了一会儿。

张泽楠觉得女人的心就如同这些海鸥的怪叫,他是无论如何都猜不透的。或者说女人的心本身就是一个难解的局,他是当局者,当局者迷。

过了会儿,海鸥全都飞远了,张泽楠抬起头,发觉上海又下雨了。

六

八月十日的早上,雷声不断,阴天。

张泽楠他们的屋子里满是废弃的白纸。在破旧的桌子上,张泽楠和李志远依旧在紧张地计算着。

突然,张泽楠率先停下了笔,他捏着稿纸缓缓拿起,双手微颤。李志远有些疑惑地看着面前号称是破译天才的同伴,问道:"泽楠,你破译出来了？"

张泽楠的眼睛布满血丝,他死死地盯着稿纸,不曾眨过一次。张泽楠缓缓张开了口,一夜未曾言语过的他声音嘶哑地说:

"八一三,上海,东厅强雨。"

"东厅强雨？"

李志远声音极大。

"东厅是地名无误,而强雨,怕是一种隐晦的暗示。我父母被杀前曾破译过多个敌方密电,'雨'在他们的密电中是事端的意思,我想……"

张泽楠艰难地咽下噎在喉咙处的唾沫,说道:

"强雨是战争的意思,敌方要在八月十三日这一天强取上海！"

被李志远吵醒的成员们听见了这两个人的对话,屋子里持续了一阵子死寂。

"什么？"

"怎么会这样！"

"现在不是骂人的时候！"张泽楠布满血丝的双眸直勾勾地盯着每一个人,"现在我们必须做些什么。韦洛,你和何志去找第六集团军的张成中；付成,你去市政府；李志远,你去找李婉姐。告诉他们这一切,然后尽快离开这里！不许回来！离开上海！"

张泽楠把手中的纸片撕了又撕,他瘫坐在椅子上:"我留下来销毁房间里的一切！"

七

当张泽楠把密码机连同稿纸全都毁掉后,他便坐在了房间里唯一的沙发上,看着剩下的五个凳子和两个办公桌,久久不语。

他记得他们五个人曾在这个房间里喝过"上海",曾破译了数十则密电,曾豪气冲天地说要拯救国家于水深火热。

可如今,该走的都走了,大家背负着不同的命运走了,只剩下他一个人。可能这一别一辈子都不会再见了。张泽楠想到这儿顿时有些后悔,真应该留下他们再喝杯"上海"。

张泽楠静静地抽完了最后一支烟,然后拿起了电话听筒,拨了个熟悉的号码。

"这里是上海女子大学,请问你找谁?"

"我找郑颖。"

"好的,请稍等。"

"喂——是泽楠?什么事?"

"来常去的饭店一趟。"

"可我马上要去上课了。"

"来一趟。"

"泽楠!"

"拜托了,来一趟。"

"喂——"

张泽楠觉得自己真像一个任性的孩子。他挂断了电话,抽出了刀,划断了电线,然后头也不回地离开了这里。

饭店今天的生意不大好,只有零零落落的几个人分布在角落里,或喝酒,或交谈。大厅中央的钢琴师在弹奏着莫扎特的成名曲。他越弹越烈,时而如狂风,时而如急促的细雨,一切的一切都预示着一场暴风雨的来临。

"怎么了?一副萎靡不振的样子。"

郑颖早早就来了,她喝了一口酒。

"上个月,我们小组截获了一段敌方陆军的密电。"

"他们的密电至今没有一个成功破译的案例啊。"郑颖眉头紧皱，又说，"你们破译了？"

"是的。八一三，上海，东厅强雨。"

张泽楠缓缓抬起了头。

"你应该猜到了吧？"

"你们五个人都知道了？"

"嗯，我让韦洛和何志去找第六集团军的张志中，让付成去市政府，让李志远去学校找李婉姐。"

"你！"

"怎么了？"

郑颖没有立即回答他，她的眼神掠过稍纵即逝的惊怒，可立即又恢复了常态。她的脸悄然苍白得如同一张普通的密码纸。

"喝杯咖啡定一下神吧。"

郑颖低头从皮包里掏出了一盒咖啡粉，然后起身去了前台，要了两个杯子，倒上热水和咖啡粉。

郑颖做好的第一杯咖啡并没有给张泽楠，而是送到了钢琴师那里。她把杯子放在了钢琴架上，然后端着另一杯走了过来。

"我想留下来，留在上海。我还想……有机会再见见你。"

"泽楠，不要说了。"

"你是为了让我安心留在组织里才答应和我在一起的吧？"

"不要说了……"

"你其实并不喜欢我，对吧？"

这是张泽楠第一次直面问她这个问题，可郑颖并没有回答是或者不是。

氤氲的热气带着香味刺激着张泽楠的全身细胞，张泽楠一口又一口地喝着咖啡，等待着郑颖的回答。

或许是因为太累的缘故，张泽楠只喝了半杯咖啡就沉沉地睡着了。

那个钢琴师轻盈地弹完了最后的曲子,客人们都走了,郑颖坐在沙发上,独自鼓起了掌。

钢琴师起身顺着掌声走了过来。

"好一首安魂曲。"

"你下一步要做什么?"

"你是聪明人。"郑颖右手拎起了皮包,左手轻轻抚摸着张泽楠的脸颊,"照顾好他。"

"你郑颖去找那些人,怕是……"

"是又如何呢?他还是个孩子。"郑颖从茶几底下拿出一瓶黏稠的酒料,"孩子总以为加入威士忌的混合鸡尾酒是'上海',以为喝上几杯高脚杯的酒就读懂了上海。"郑颖收拾好了皮包,她看着张泽楠熟睡的脸庞,笑了,"成叔,待他醒后,给他来一杯真正的'上海'吧。"

八

张泽楠睁开眼睛的时候发现酒吧的灯依旧亮着,但在完全清醒后,他发现自己是在一个房间里。

外面有淡金色的阳光照进来,格子窗中的天空放晴了,可是天色太淡了,淡得让人分不清是早上还是傍晚。

"你醒了。"

一个男人进来了,张泽楠认识他,他是那个钢琴师。

"我怎么在这里?郑颖呢?"

钢琴师没有回答这个问题,他的手中有一瓶黏稠的酒料。

"你到底是谁?我在哪里?"

钢琴师开始调酒了,他的手法比调酒师还要娴熟许多。

四分之一的酒料和各种张泽楠不认识的香料混在了一起。最后,他把葡萄酒当作主料,倒了大半杯。

这是一杯"上海",张泽楠见过调酒师调这种酒,但他们的主料都是威士忌。

"你知道自己有多愚蠢吗?"

钢琴师把酒端到了张泽楠的面前。

"你不该让成员们把消息明目张胆地告诉政府和军队,因为既然敌方要开战就必然在那里留下了卧底。"

张泽楠哑然。

"今天是八月十二日,昨天的报纸登了一则新闻,'三个在校大学生惨死火车站,到底是谁下的毒手?'是你害死他们的,李志远昨天也被抓了,李婉保不住他,组织上也保不住他。破译五虎死了四只,最后一只虎不死掉敌方是不会甘心的。"

"知道吗?真正的'上海'是血色的羁绊,但只有加了温柔的红葡萄酒才能显现出来。"

钢琴师把调好的酒放在了张泽楠的面前。

"你说说看,郑颖去哪里了呢?"

张泽楠一动不动地坐在那儿,心中极力否认着一个已经确定的事实。

在钢琴师成叔的眼里,他像一具雕像,像一堆泥土,还像一个死人。

"郑颖为了你,对敌方说她是最后一只虎。"

在寂静的房间里,末日般的阳光笼罩着茶几。在"上海"上方的空气中,起起伏伏地飘起了看不见的死灰。

九

"太爷爷,您没事吧?"

"还没死,你走吧。"

我只好起身。现在是午后时刻,这个持续了近一个月的故事今天终于结束了。我走到了卧室门口,又有些不放心地回过了头。

午后温暖的阳光背对着沙发，太爷爷在一片阴霾中一动不动。我看不清他的表情，只是觉得他那干涩的皮肤下涌动着波涛一样的情感。

我实在猜不透这个世纪老人的心。

刚出了门，车就到了。我上车找了一个安静的地方坐下，感觉有些昏昏欲睡。

虽然想强支着身子看看风景，可过了会儿还是睡着了。

直到今天，我依旧记得这场在巴士中做的梦。

那是一条很长很长的路，路的尽头有一个很老很老的人，还有高挺的枫树和刺鼻的酒味。

我感觉一个人跪在了一棵枫树的跟前，他时而佝偻如老人，时而又笔直如少年。

这是个无始无终的梦，直到前面的大娘把我叫醒我也不知道它的结局是什么。

"你怎么了？"

大娘看着我泪流满面的样子疑惑极了。

"没事。"

我勉强一笑，然后打开了窗户。过了会儿，风便吹干了模糊我视野的泪。

我看见窗外景色依旧那么清澈。

十

"刘小瑞对不起！原谅我！"

"刘小瑞对不起！原谅我！"

…………

过路人对我指指点点，可我不在乎。

"吱——"

宿舍的大门轻柔地开了,我拔腿就跑,可跑了两步便觉得不对劲,因为看门大妈一向没这么温柔。

"傻子。"

"对对对,我是傻子。"

我一边连忙肯定,一边转过了身。

面前刘小瑞的双眼红红的,像是刚刚哭过。但也可能是刚睡醒,因为她还穿着睡衣。

"我错了我错了,以后谈论事情一定心平气和!"

"希望你真的可以做到。"刘小瑞一步步走了过来,气势逼人,"下次再说我,就再也不把你当朋友了……"

"别哭啦,改天带你去看看太爷爷,那老头儿可想你了。"

后记

一九八四年的秋天,昔日辉煌一时的上海著名饭店变得破破烂烂的了。

在那里工作的服务生都知道,总有一个外地来的老绅士来这儿喝酒。他从不约什么人,可总是坐在角落处,要上双人的酒。

没人真的在意他,更没人在意他等的人是谁,只要他付够酒钱,在那儿等上一辈子都可以。

一杯又一杯,淡蓝色的液体渐渐让老绅士的喉咙生了茧。大概那个味道,那种"上海"没人会记得,也没人爱喝了。

饭店里偶尔会放一些旧上海的歌,如果这时老绅士喝醉了,他总会不停地叫着一个女人的名字。服务生们也不管这个,只要他付够酒钱,只要不是打烊的时候,他想起任何人都是他的自由。

"郑颖对不起,是我害了你!我是最后的虎,我是最后的虎!"

日子久了，就连新来的服务生也记住了这几句话。

"大概是个疯子吧？"一个服务生问道。

"或许是个可怜人。"另一个服务生回答道。

如果哪一天老绅士没有喝醉，他便会换上一杯咖啡，额外多付些钱，请服务生放一些旧上海的歌。

他会静静地听着歌，喝着咖啡，直到天黑才会离去。

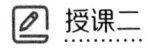 授课二

在文本里呈现"鲜明对比"的力量

《上海,上海》是我的第一篇,也是至今为止唯一的一篇民国风格的小说。它所讲述的那个年代的故事,是沉重的,也是悲壮的。

这篇小说的构思和主线是平行历史而行的,主人公是一群小人物,故事里的情报是我道听途说的,不具有真实性,更多的是一种猜想和假说。但对于那个时代的各种猜想,往往会给我们一些思考,也是我们创作的灵感。但这一切都建立在尊重历史的基础上。

我的小说几乎都是悲剧,其实写悲剧不难,你只需要给主角反抗命运的权力,但记住不要给他反抗命运的能力。在这篇小说中,男主固然是爱国的,是志士,是先进分子,是那个社会中不可多得的人才。但放在那个社会,他也只是一个缩影,也依旧是个小人物。

小说中的男主一直都是少年,是因为女主保护了他,她用自己的生命给他上了一课,之后他一夜间长大,也在一夜间老去。他们既是朋友,又是志同道合的战友。小说首尾的时间线,是如今的友情,这个友情对比的是男主那个时代的友情。这个时代太美好了,有的是机会去原谅,有的是时间去追回。

"形成鲜明对比"不单单是语文阅读题目中的一句简单的回答,更可以提供震撼人心的力量。作为一个写作者,一定要拒绝平庸,你的故

事想要有足够的力量,必须注入自己真实的情感,如果你爱它就要爱得深沉,如果你恨它就要恨得刻骨。这就是写作,你的内心必须足够强大,才能承受各种悲欢离合。

最后,愿浩瀚的书海和今后的阅历能为你的写作提供更多的资本与底气。

课后学习书单

1. 鲁迅著:《鲁迅文集》,海南出版社,2011年。
2. 刘慈欣著:《三体》,重庆出版社,2008年。
3. [日]川端康成著:《雪国 古都 千只鹤》,叶渭渠、唐月梅译,译林出版社,2010年。
4. [日]村上春树著:《1973年的弹子球》,林少华译,上海译文出版社,2018年。
5. [法]马克·李维著:《偷影子的人》,段韵灵译,湖南文艺出版社,2018年。

- 写作要点
- 写作现场
- 授课
- 课后学习书单

辛妤洁 的 写作课

文学冠军简介：辜好洁，女，四川人，青年作家，明治大学硕士，现居日本东京。曾获第一届《花火》超级明星文学选拔赛冠军、全国新概念作文大赛二等奖等奖项。短篇作品发表于《萌芽》《花火》《读者》《青年文摘》《南方文学》等期刊。著有长篇小说《若你转身牵我的手》《一瞬的光和永远》《就算海水淹没岛屿》《致樱花树先生》《风筝有风，海豚有海》等，短篇文集《你我之间半透明》《我也想被一个人长久地喜欢》。

写作要点

在规定范围内"有效活动"

日常写作一般是从零开始,如果用建房子来打比方的话,就是说从地基到屋顶,一砖一瓦全由自己设定、选择、动手完成。它非常自由,可以记录某段生活,可以表达某个观点,也可以只是抒发某种感受,它的文体和内容不受限,创作目的也可以很私人化,把我们想表达的东西放进创作中即可。

在这点上,文学大赛写作与之稍微不同。文学大赛更像是给我们划分出一个"区域",让我们在这个范围内"活动"。比如一些文学大赛可能需要命题创作,一些文学大赛可能限制创作体裁,一些文学大赛对创作字数有规定,等等。它的创作目的相对清晰,不仅是为了表达想表达的,还需要从构思、文笔、立意等方面增加"看点"和"闪光点"来让我们的文章脱颖而出,比如构思更新颖、立意更深刻、结构更完整、故事更出人意料等。当然,也许有些"参赛技巧"可以学习,但归根结底都是创作,真挚对待才是法宝。

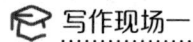
写作现场一

第一届《花火》超级明星文学选拔赛冠军初赛作品
药

她总是躲在教室的角落。
小小的身影隐匿进暗淡的光线里。
不会说话不会笑,像一只满腹心事的木偶。

一

那是夏季的第一场暴雨。

乌云像面积庞大的废旧棉絮,一直延到天边,铅灰色越发显得厚重,好像随时会承受不住重量砸下来。翻滚而来的惊雷混合着灼目的闪电,不一会儿,玻璃窗上便击起"噼噼啪啪"的声响,风吹来雨水,靠近窗台的几排座位很快被溅开的水滴漫延覆盖。地面积了很深的水,远远看去,像升起一条黑色的河流。

榎本抱着球站在室内体育馆外,雨水像夜晚的潮不断涌来,风裹挟着寒气,扑面而来时让人的皮肤为之一紧。校园里人已走光,路灯亮起的昏黄光线也在雨水里熨出一层薄薄的烟雾。从体育馆冲到教学楼下,男生全身被淋得一塌糊涂,想到放学时拒绝了乔麦红伞下的邀约,也活该自讨苦吃。

教室在五楼。

借着走廊上亮起的声控灯，男生懒散地靠在门口掏出钥匙开门，"咔嗒咔嗒"，尖锐的声音刺激着鼓膜，推开门时手下不自觉加重了几分力度，绿色的门撞击到白色墙面的瞬间又重重反弹回来。"哐当——"在暮色浓重的夜晚里，像一段哀叹的回音。

没想到教室里还有人，所以看到角落里朦胧的身影时，榎本被重重地吓了一跳。

"还……没回去啊？"片刻后，他恢复了冷静。

女生保持着抱膝的姿势坐在地上一动不动，身子瑟缩成小小的一团，一只棕色的瓶子滚落在她的脚边，周围散落着很多颜色鲜艳像药丸一样的东西。不知道她是不是哪里不舒服，榎本主动靠近过去，蹲在女生面前，说："生病了吗？"

没有回应。

他想正常打个招呼，但在看清女生的样子后，大脑里也未反馈出相关信息，她是和自己一个班的没错，可名字是什么怎么也想不起来。

"没事吧？"他又问了一遍。

连续询问下，女生终于动了动，将脑袋从深陷的胳膊里抬出一些，然后榎本看到了刘海儿下那双空洞的、迷茫的、没有情绪和光亮的眼睛。

"被锁住了。"过了好久，寂静的空气里飘来她的声音，缓慢地，阴沉地，像夏日午后融化的某种物质，平静地在男生面前流散，女生的脸上渗着细密的汗，似乎很辛苦，但她始终没有任何情绪，"回不去了。"

走廊上的声控灯在那一瞬间熄灭，门口泄入的那一束光很快消失，女生的脸在榎本眼里淡去，只剩下一圈瘦削的轮廓剪影。

——回不去了。

声音还飘浮在教室里,萦绕徘徊在榎本耳边。
他的身体下意识地做出了后退的动作。

二

回到家时已快八点,雨势已经小了,站在门前把伞合上,水滴顺着抬起的手臂滑落到胸前,沁出冰凉凉的一片,榎本直到在玄关处换鞋时,还忍不住伸出左手揉胸口。

"今天好晚。"很少这么晚回来,难怪妈妈会问。

"我送同学回家了。"在对方的表情变得异常时,榎本笑着解释,"是女生没错啦,因为她好像不太舒服……别瞎想啊。"

他放下手里的东西回到房间。打完球赛又淋了雨,现在他只想好好泡个澡。当他拿着换洗的衣服去浴室时被叫住了。

"榎本,这不是我们家的伞吧?"正在收拾玄关处的妈妈注意到了那把蓝色格子伞。

"和同学借的。"

"果然有问题啊,我说你……"

男生闪身进了浴室。

身体被水覆盖,温热的气流在皮肤里窜跃,借着水的浮力,全身放松下来。头上盖着叠好的毛巾,顺着浴缸边沿仰起头,闭上眼睛享受这片刻的惬意,那双灰色空洞的眼睛却赫然出现在脑海里。榎本一惊,头上的毛巾掉到地上,整个身体也突然滑下去呛了好几口水。冷静下来后,泡澡的兴趣全无了,男生叹了口气,从地上捡起毛巾站了起来。

第二天早上去学校时，在走廊上遇到她。

两个人隔着转角的距离，榎本想趁机还伞给她，话到嘴边才发现没办法说出，脑袋里搜索着她名字的片刻，女生的身影已经消失在转角处了。

虽说分班是在高二，但好歹学期已过半，在班上居然还有自己想不起名字的人存在，多少有点儿神奇。于是在鞋柜处换室内鞋时，榎本忍不住问了旁边的男生。"好像坐在最里面靠窗的角落""个子不高、很瘦、齐刘海儿"……原本还想搜索更多的词语以便形容，结果对方已经露出了然的表情。

"你说的是不会说话的花丸子吧？"

"不会说话的……花丸子？"

"因为她不说话，而且总是在吃各种颜色的药丸。有一次有人不小心撞翻了她的桌子，里面骨碌碌滚出来好多瓶瓶罐罐，听说储物柜里也有很多呢。"说到这里，对方神神秘秘地靠近过来，"听女生们说，花丸子附带邪气哦，她吃的每一颗药丸里都禁锢着一个人的灵魂，如果被她缠上会交厄运的，所以女生们都习惯叫她花子。"

"胡说什么呀，我昨天还听到她的声音了。"

"反正她那个人阴森森的，一看就很邪门，传说也不是没根据的。"对方一副迷信的传教模样。

历史课上自由讨论时，后座的乔麦用食指点点榎本的后背，榎本转过身去。

"昨天淋雨了吗？"视线相遇，女生脸上涌现出一如既往的甜美笑容。

"还好，不过淋点儿雨对男生来说小菜一碟……"视线晃了晃，定格在最里排的那个位置，女生垂头看着书本，果然没有人跟她说话，甚至周围的桌椅都拉出比正常更多的距离。

注意到男生的视线，乔麦也循着回望一眼。

"不要看花子啦，和她视线相交会生病的。"乔麦伸手挡住男生的眼睛，"以前诊断考试时，隔壁班的女生因为没认出她，所以请她帮忙捡了掉在地上的橡皮擦，结果刚出学校就被车撞断了腿，整整打了半年石膏。"

"没这么恐怖吧。"榎本不以为意地笑笑，不过脑海里浮现出昨晚泡澡时的景象，笑容淡去几分，要说诡异也不是没有……

"榎本！"乔麦稍微提高了音量。

男生侧脸茫然地看着乔麦，才发现刚刚自己走了神。

"我是说，下次一起走好吗？"

"会让绯闻闹得更凶的，大小姐不担心吗？"榎本打趣。

"如果是榎本，完全没关系。"女生表情认真，一点儿没开玩笑。

过了片刻，男生又笑起来，说："那是我的荣幸。"

三

跟同学玩玩闹闹过去一天，直到社团排练完从球场出来，远远看到正清扫班级公共区域的女生，才想起忘了还伞的事。虽说传言很恐怖，但在看到个子娇小的女生努力伸手也够不到花坪里面的塑料袋时，榎本还是忍不住走了过去。

"怎么只有你一个人？"男生长手长脚，伸出手就把塑料袋拿了出来，因为是四个人为一个清洁小组，所以随口问问。

女生只是默默地掀开收容袋，垂着头没有答话。

榎本这才反应过来大家都对她避之不及。说错话让榎本有些尴尬，尤其是对方没有应答，他不知道该怎么收场，于是接下来就一直顺着花坪捡靠近围墙的垃圾，女生也始终垂着头保持掀开收容袋的动作，直到两个人从花坪头移动到花坪尾。

"乱扔垃圾的人真多。"陪女生倒完垃圾回来的路上，榎本甩甩酸软的胳膊。

"没想到比打球还累，哈哈哈……"对方完全没在听似的，于是男生说到后面也只剩下尴尬的笑。突然就这样走在一起，本身就是件莫名其妙的事，但好像只要和她一沾上边，就没办法收场，只好硬着头皮继续下去。反正是要回教室还伞的。男生只好这样想。

上楼时发现女生虽然垂着头，但似乎在注意自己这边。榎本低头，才看到自己的鞋带散了。蹲下身来捆绑了好久，总算胡乱系到一起，没走几步却又散开成原来的样子了，榎本抓抓头——算了，不会系鞋带这种事就不要计较了。

在他和鞋带较劲的时间里，女生已经走到上一层楼去了，没有等他，好像两个人根本不是一起回来的。等榎本走进教室时，女生正弯腰将教室里的垃圾整理进收容袋。

"花子，倒垃圾！"
——黑板上是给女生的留言。

有点儿过分了吧。

回想起前一天晚上，因为看她好像不太好的样子，榎本本着同班同学的情谊提出送她回家，其实说那样的话是客套也没错，通常女生会害羞地拒绝，虽然不是出自真心，但榎本也会顺势说出"那路上小心"后转身离开。想象里是这样的，结果眼前的女生只是一动不动地坐在那里。过了好久，就在榎本考虑她是不是睡着了时，女生慢慢地从地上站了起来，抱着桌上的书包走出了教室。反正下雨也没办法骑车，最后榎本鬼使神差地跟在她的身后了。

雨势正强，女生却完全没有加快步伐的意思，榎本被淋得快睁不开眼睛，于是上前拉住她："先避避雨再走吧……喂？你在听我说话吗？"

女生还是没反应，这让榎本有些无力。超高人气的男生也有没辙的时候，而且一直做好人也实在太累。自己都不爱惜身体的人，榎本也不想管她了。这时女生却有了动作，她依旧垂着头，不过手却在抱在胸前的书包里翻找着什么。

一会儿后，一把蓝色格子的折叠伞出现在榎本面前。

那个稍微递出一点点的手势是——要给他？

"咦？"原来她有伞，榎本愣住。

女生保持着递伞的动作。

"更需要伞的是你，我不怕淋的。"

她还是固执地一动不动。

"好吧，那我们一起……喂？"话没说完，女生已经转身继续走路了。

不管怎么说，一个大男生总不能自己撑着伞却让小女生淋着雨回家吧。于是彻底变成了他送她回家。

榎本望着女生瘦削的背影，好像随时会折断似的。再怎么说，眼前这个存在感很弱却有着恐怖传言的女生，只是一个坐在角落里、默默做些被丢来的杂活、雷雨天会害怕、也会借伞给别人的普通女生，说到底，这世上哪有什么花子存在。

她不过是比较沉闷。

头脑发热也好，爱心泛滥也好，男生拿起刷子将黑板上那些字擦掉了。

四

倒完垃圾回来时,男生已经走了。

墨绿色的黑板上干干净净,只有翻转的尘埃泡在白炽灯的光线里。

桌上放着折叠得很好的蓝色格子伞。

伞下压着一张纸,俊秀大气的字迹:

"谢谢——榎本。"

五

从那以后,比起乔麦那种人缘甚好的甜美大小姐,好像落单的人反倒更容易被榎本注意到。

那个女生真的不说话,连一个字的应答也没有,没有要好的朋友,班上有人同她讲话多半也是远距离的命令语气:"花子,你去……""花子,你把……"她从来不反驳,让她做的事她全部默默去做。成绩好像一塌糊涂,也没有老师关心。

为了确认那晚自己不是幻听,榎本想再听听她的声音,即使语调缓慢阴沉到让人怔然。可她总是躲在教室的角落,小小的身影隐匿进暗淡的光线里。不会说话不会笑,像一只满腹心事的木偶。

她就在那里,却没有人知道她在哪里。

她写作业用右手,拿东西却常常用左手。

几乎没见过她吃饭,她只会从抽屉里拿出和那晚相同的棕色的瓶子,拧开,倒出,然后将掌心里的一把彩色药丸塞进嘴里。榎本怀疑她吃的只是类似巧克力豆的东西,因为没有人能把药吃得那么坦然。

她的头发长得很快,齐刘海儿快要盖住眼睛了,但似乎没有去剪的打算。她也不懂得分寸,花坪内侧的垃圾她明明够不到却一直伸长手。轮到她做值日时,无论是五十四本作业本还是五十四本厚重的练习册,她都一次性抱去办公室。有两次因为本子堆得太高阻挡了视线,她在楼梯上摔倒滚落了好几级台阶,也只是在大家的注视里慢慢爬起来,整理好书本重新走路,哪怕膝盖摔出血、胳膊脱臼也没喊出过声,只是疼得厉害时额上会渗出很多汗,皮肤绷紧,像那晚一样。

她总是一个人,好像连手机也没有。对她生气、发怒、鬼脸、微笑,她都无动于衷。

不用社团训练的周二和周四,榎本和一群男生骑车回家,偶然回头的瞬间,他看到了站在公交车内的女生。她像擦黑板最高处时那样伸长手臂拉着吊环,周围全是表情鲜活的学生,只有她始终垂着头,另一只手抱着怀里的书包,随着公交车的晃动像一片即将凋零的树叶。

红灯。

绿灯。

榎本靠在单车上看着公交车从眼前驶过,眼睛紧紧盯着车内的女生。她似乎感觉到了,路过的瞬间,女生抬眼看过来。一点儿没变,还是那双空洞的、迷茫的、没有情绪和光亮的眼睛。

在那样的眼神里,世界上的声音消失,很容易跌进"无"的状态,神经总会慢几拍。

等到公交车过去,人行道的绿灯亮起,榎本被同伴催促才回过神踩动了脚踏板。夏日温热的风吹过湿湿的脸颊,榎本抬眼望了望城市建筑以上的天空,蓝中泛着紫色的晚霞,直到视线尽头,宁静又哀伤。

六

也是后来才知道所谓的"驱逐花子"计划。

独自留在教室不是偶然,只是有人说"你乖乖坐在这里",然后她就真的一动不动,就算听到锁门的声音也没有起身反抗。

让她做又累又脏的杂活，团结起来不跟她说话，直接叫她花子，黑板上的留言和一些无聊的恶作剧，都是因为跟她接触过的一些人遭遇麻烦，然后把全部责任归咎于她，流言因此越来越可怕。

明明只是一个普通的女生。

实验课也没人和她一组，榎本望着女生孤单的身影，犹豫了很久终于决心过去。还未靠近，女生的周围就冒出烟来，一股焦味传来。是头发，她的头发从后面烧起来了，很快连衣服上也蔓延出火星。

所有人都吓愣住了。

她却好像感觉不到疼，甚至没有做出补救的措施，只是双手撑着实验台站在那里……没有生命力似的。

好在距离近，榎本眼疾手快地将擦过器具还没来得及倒掉的大半桶水泼了过去。

他反复确认她有没有问题，同样得不到答复，老师和校医说明情况后，同意榎本带她离开。出门前老师说："我等会儿打电话到你家里，近期希望你父母来学校一趟。"是听到了的，但女生已经走出去了。

"你真的没事吧？"在走廊上时，榎本再次确认。

全身被污水泼得狼狈，灰色的污渍干涸成没有头绪的地图。头发被烧毁大半，明明是很重要的存在，就算去美发店剪得稍微不那么满意也会哭很久的，这简直是毁灭性的打击，可她居然都没有看一下镜子。而且，因为头发被烧毁了很多，衣服被烤出一些洞，没破的地方也已经焦黄，随时会碎似的。虽然视线不该过去，但榎本还是注意到了，女生的后背被灼伤得不轻。

被锁起来坦然接受，被排斥坦然接受，被欺负坦然接受，从楼梯摔倒也坦然接受，甚至连受伤也坦然接受。

她是故意的。

她在借着别人来折磨自己。

她……

榎本脑海里冒出可怕的念头——

她一直都在自虐吗?

"喂!"接触多了以后也大概知道,女生虽然木讷,但只要重复几遍,就会得到回应。

她的脸上全是汗,比以往任何时候都要多的汗,似乎正承受着巨大的痛苦。

"笨蛋,明明很痛,那就哭出来啊!这样忍着算怎么回事,你真的是花子不是人类吗?"男生也不知道自己为什么要生气,明明是不爱惜自己的人,何必要为她担心。

"我不是花子。"出乎意料,女生竟然说话了。

榎本惊讶地看着她。

"奶奶和小言才是。"女生喃喃,像是在回忆很久很久以前的事情……

明明是属于蝉鸣和西瓜的夏日,却在听到女生的话之后,像从地心渗出了入骨的寒意。

七

后来他跟妈妈说起,她掉了好多眼泪,一直念叨"好可怜啊好可怜啊",然后妈妈做了拿手的糯米糕让榎本带到学校,知道女生现在是短发,榎本妈妈还特意去买了好看的发卡送给她。

"又没做错什么,为什么要把她赶出校园,驱逐花子计划什么的,简直就是大浑蛋嘛!"

被烧毁头发的事件,因为没造成大的影响,查了一周也没人自首后,也就不了了之了,反正女生和女生的父母都没有追究。事件之后,好像没有再出现别人欺负她的情况,女生却比之前更缺乏生命力了。于是除了帮她捡够不着的垃圾外,榎本还帮她抱书、买午饭,以及关心她后背的伤情,他也不允许大家再叫她花子。

让榎本欣慰的是,女生与他开口说话的次数增多了。

"你吃的是什么?"榎本也会好奇替代食物的那些彩色药丸是什么,"药吗?"

女生摇摇头,然后仰头,将掌心里的一把药丸全部吞咽下去。

额头又渗出细密的汗,榎本渐渐也明白了,那是她正辛苦的征兆。

榎本将水递到她面前,被拒绝了。

"喝水就失效了。"她说。

他不明白,但也不敢再追问。

用不着细究也大概明白,她不单单是性格沉闷,而且有严重的自闭症。

就这样无意识地跌进只属于她的"无"的世界,等到回过神来,好像已经没办法放任不管了。

她在想什么,她在承受什么,他完全无从知晓。

课间,有人点他后背,男生自然地转过身去。

"晚上一起回家,好吗?"乔麦看着他。

"最近不行哦,我答应老师要送人回家。"

"榎本……"女生咬着下唇,"你头脑好,性格阳光,也心地善良、乐于助人,所以帮助被孤立落单的人我可以理解,我明白那只是你的怜悯和同情,可花子那样不珍惜自己生命的人真的值得被关心吗?……你是不是做得太过了?"

"她不是花子。"男生说。

教室门在这时被推开,正被说着的女生走了进来。她像是没听到似的,只是和往常一样淡淡地瞥了一眼男生,然后低着头回到了座位,那个只属于她的角落。

"你够了!"榎本真的生气了。

乔麦气冲冲地来到女生桌前,一把推翻了女生的桌子,"轰隆"一声巨响,桌子上的课本和抽屉里那些传说中的药瓶全部摔落在地。棕色的瓶子比想象中更多,有的被摔碎了,里面的彩色药丸撒得到处都是。无论是生气的乔麦还是榎本,又或者是那满地的瓶子和药丸,所有人都是第一次见到这样声势浩大的场景,被吓了一跳。

"喂!你在干什么!"榎本上前制止她。

一向教养良好的大小姐乔麦第一次公开发火,她瞪着被榎本挡在身后的女生,眼泪忍不住落下来。

"榎本,你这个大笨蛋!"

好在下节课是体育课,其他人都跟着追出了教室。在所有投来的不满目光里,榎本知道,大家眼里那个完美的他已经破裂了。

算了,经营完美形象本来就是很辛苦的事。

八

教室里静下来,只剩下他们两个人。

"乔麦就是那样的大小姐脾气,但没有恶意的,你不要在意。"男生把桌子重新搬回来摆正时,故意轻松地说。

女生默默地蹲在地上捡那些棕色的瓶子和散落的药丸,榎本过去帮她。

"怎么这么多？"颗粒很小，需要耐心才能捡起来，"只捡瓶子吧，药丸就算了，反正已经脏了……喂！你在干什么啊！"

在榎本的视线里，只见女生将比平时多了一倍的药丸一把塞进嘴里，混着地上的灰和纸屑，全部塞进了嘴里，她的额上又渗出汗。如果真的是药，吃那么多会死的啊！榎本捏着她的脸，逼她吐出来。

"呕——"

在男生用力地挟持下，总算大半被吐了出来。因为太过用力，女生的脸颊被捏出鲜红的指印，她的眼里噙着泪。

"不吃药就活不下去了。"死活不愿漱口的女生说。
"你到底是什么病？非要吃那么多药不可！"
"不是药。"女生说，"是理由，让我继续活下去的理由。"
榎本怔然，迷惘地看着她。

到底发生了什么？

想为你做点儿什么，不是出于同情和怜悯，只是从那个夜晚和你视线相遇的那一刻起，就滋生出的念头。不是同情，不是怜悯，也不是自我满足，只是在面对你时，总会忍不住去帮助。

每朵花都有盛开的理由，不要在发芽时就选择枯萎。

"绿遥。"她突然这样说。
"嗯？"
"不是花子，也不是不说话的花丸子，是绿遥。"女生的嘴角扬起，形成一个笑的表情，"绿色的绿，遥远的遥。请你，记住我的名字。"

九

我被时光留在十三岁的夏天。
留在那些燃烧的炽热的红光里。
绝望的眼神覆盖了我的眼。
无论怎么呼唤。
被锁住了。
回不来了。

我亲爱的人啊,我已经不会再流泪了,也不会再欢笑了。
没有药能治愈我。
请你记住我的名字,记住我的脸,我永远不会再改变了。

十

三个月后。
榎本和乔麦在老师的带领下去看望绿遥。
"我还是不进去了。"在门口,乔麦咬着唇退缩。
"没事的。"老师安慰她。
第一次见到绿遥的父亲。不过三十多岁的中年男人,头发却已白了大半,黑瘦的脸颊完全凹进去,凸出的骨头好像随时会戳穿那层薄薄的皮肤裸露出来。家里很乱,他弯身整理了一番,才总算腾出地方招呼大家坐下来。尽管老师一直说不用麻烦,男人还是泡了简单的茶水出来。
然后大家才知道关于她的事。

绿遥出生时,她的父母刚在这个城市稳住脚跟,她是第一个孩子,所以不管怎么辛苦,他们都对她疼爱有加。两年后弟弟小言出生,由于无力照顾两个孩子,于是绿遥被送到小镇的奶奶家寄宿,从此缺少父母疼爱地长大。绿遥的母亲偏爱弟弟,加上工作繁忙,所以一再拖延接她回来的时间。已经十三岁的绿遥以为自己被父母抛弃,加上在落后闭塞的小镇上常常被欺负,性格越发内向,常常独自坐在老旧的楼梯口望着窗外的天空发呆。

到了夏天,放暑假的小言回奶奶家玩,被母亲惯坏的男孩不光欺负姐姐,连奶奶也不尊重。小镇到了晚上治安不好,小言被限制出去玩,他因此大发脾气,还扔盘子砸破了奶奶的额头,绿遥很生气,摆出姐姐的架子将门从里面反锁以示绝对不让他出去的决心,姐弟争夺钥匙时,钥匙被甩出了窗外。本想等到第二天请邻居帮忙捡回来,结果当天晚上,那栋老旧的建筑就因为老化的电线短路失火。火势很快蔓延开,小镇人力有限,直到一个小时后火势才被控制。大家都跑了出去,只有在四楼的他们被困住。

奶奶和小言都去世了,只有绿遥侥幸地活了下来。她本来就是性格内向的女生,又亲眼看见了亲人被烧死的场景,所以被父母接回家后就不再说话。父母带她去做了很多检查,她没有任何生理性问题,医生说是因为受到刺激造成的语言障碍,她患了严重的自闭症,需要慢慢调理恢复。

绿遥被救回来后开始大把大把地吃最苦最臭的药丸,如果不让她大把大把地吃药,她就会抓狂,于是医生只好配合减少了用量,增加了药的种类。压力更大的是绿遥的妈妈,同时失去婆婆和儿子,活下来的女儿又变成这副模样,她承受不住,半年后彻底精神崩溃去了精神病院。绿遥将罪责全加在自己身上,医生说不能让她一直独自留在家里,不愿意把女儿也送进医院的父亲选择了学校。

听到这里,乔麦控制不住地扑在老师怀里大哭起来。

"是我的错啊,一直跟着大家叫她花子……"

"是她忍耐到极限了吧,那孩子固执,又爱钻牛角尖,怪不得别人。"男人的眼神黯淡到快要熄灭了,还说着安慰的话。

"不怪乔麦。"老师拍着她的头,"何况现在的情况对绿遥来说,反倒也算好事……不是吗?没事的……"说到最后,多少有些底气不足。

"她还好吗?"一直没说话的榎本望着绿遥的父亲。

"已经稳定很多了。"男人望了望楼上,恢复了些生气,"医生说顺利的话半年后就会好起来。"

"我可以去看看她吗?"

"嗯,她一直念着'榎本'这个名字。"

敲了敲门,榎本走了进去。

好久不见,女生的头发长长了一些,脸上也比以前有了血色,但身体消瘦了不少。她穿着白色的连衣裙站在柜子前,似乎正在苦恼什么。

"你知道我的这些药吗?"女生嘟囔着,晃了晃手里的棕色瓶子,"我忘记该吃多少了。"

声音和以前一样缓慢,却明亮了很多。

是的,忘记了。

——忘记了药该吃的分量。

——忘记了你生命里发生过的残忍真相。

——忘记了过去。

——也忘记了我。

只剩下你心上那未结痂的伤口,不过没关系,等时间过去,它也会好的。

没有时间弥合不了的伤口,都会好的。

"你是?"看清男生的脸后,女生后退一步,不过又疑惑着靠近过来,"有些面熟,我们见过吗?"

"我是榎本。"

十一

"不用吃太好了,放在房间里全是难闻的味道。"

绿遥推开窗,伸出的纤细手臂在日光下白皙得透明,棕色的小瓶子像她手心里的一座孤岛。她站在那里,下一刻回过头来,脸上是解脱后的释然微笑。

笑意在光里模糊了边缘,风吹来时扬起的发丝遮住了剩下的表情。

她微微翻转手心,那只棕色的瓶子就在窗口消失了。

授课一

刻画青春画面，也埋下成长的阵痛

我见过一些美好的青春画面。比如某次去自动贩卖机买水时遇到一个练习棒球的少年，当时天空飘着细细的雨，他穿着T恤和短裤站在家门前的通行路上非常努力地挥着球棒，当我走出很远时还能听见他挥动球棒"呼呼——"的风声。

某天晚上住处附近的补习班的玻璃门被推开，几个高中生聊着天走出来，他们在外面取了自行车后在岔路口告别，剩下一对发小朝门前的巷子驶过，其中一个踩踏板时滑了一下，旁边已经骑上车的那一个就伸出手拍了拍他的背，然后两人对着考试的答案远去了。

这些青春画面至今回想起来仍觉得胸口一暖，当然，青春不只是美好的代名词，也包含成长所带来的阵痛，有一些人会在青春里安静地受着伤，但青春无小事，安静不代表不痛。

这篇《药》，想写的就是那一群安静地受着伤的人，他们学着面对过去、面对自己，才有勇气迈出继续向前的脚步。而在能治愈人生的药里，"成长"与"爱"是最重要的药引。

写作现场二

第一届《花火》超级明星文学选拔赛冠军决赛作品
花火

去千叶的火车两日一列,下午四点出发,第三天清晨抵达。

沿途经过一望无垠的绿色梯田,也经过一段很长的隧道,之后一直是森林。树木遮蔽太阳,零碎的日光漏进来,混合着车厢内笼罩着的奶白色灯光,暖暖的,一圈一圈漾着。眼下虽时值暑假,但车厢内稀稀疏疏坐着几个人,送餐饮的小推车好长时间才来一回。

穿过两个夜晚,机械的声音将静谧的时光拉回。列车门打开的瞬间,卷入清新而陌生的气流。火车从身后晃悠悠地继续前行,小春提着小小的行李箱站在千叶清晨的站台。

天色已明,灰色的站台一眼看到底。红色顶棚下挂着几盏壁灯,懒洋洋地亮着,狭长的过道两旁是陈旧质朴的木质长椅。小春按照指示箭头走向出口,检票闸口的工作人员是和蔼可亲的老爷爷,笑容爽朗,身体却相当瘦弱,以至于制服看起来像是挂在他身上。

"小姑娘是哪家的亲戚呀?"他问。

小春摇摇头,笑答来旅行,然后得到"很少有人来我们这里旅行呢"的答复。

千叶站。门口墨绿色的牌匾上端端正正刻着这三个字。周围是陌生的气息,低矮的建筑和绿色的树,缝隙间隐约透着海的边缘。即使二十一岁也在做任性的事,可是……女生看着周围的景色,耳边传来叫她名字的声音。

"小春。"

那低沉温柔的嗓音,总是轻易击中她的心脏。

小春茫然无措地转身,身后只有空荡荡的晨光。

沿着灰白色的石子路一直向前走,前方不远处有一处住所。

房子是和镇上其他木质建筑一样的和式风格,干净清爽。院门口有一棵很大的樱花树,花期已过,紫褐色的枝干上流淌着乳白色的树胶。有个八九岁的小男孩正光着脚丫趴在那里用树枝划着泥土,不知道他在找什么,看起来很无聊,但小男孩的脸上却满是兴奋,鼻下拖着动作迟缓的鼻涕,即将掉进嘴里时他猛吸了一下,鼻涕消失了。小春笑起来。小男孩注意到面前的陌生大姐姐。

"外婆!外婆!有客人!"

小男孩从地上跳起,兴奋地牵起小春的手。他穿的白色背心被泥土搞得脏兮兮的,黝黑的小胳膊伸出来,在小春的白裙子上留下几处小手印。小春的心情豁然开朗,任他牵着往里走。

"小智,不许胡闹。"从屋里出来的老妇人带有歉意地看着小春。

小春摸摸小男孩被汗濡湿的小脑袋。小智吸吸鼻涕,冲外婆扮了鬼脸,躲在小春身后咧开嘴笑。老妇人也跟着笑起来。

受了那抹笑容的鼓励,小春迟疑着开口:"请问……我能不能在这里借住几日?"

房间内只有简单的床铺和桌椅,蓝色的被褥折叠得很整齐。长长的麻花绳从房屋中间坠下来,白色的灯罩下是最原始的灯泡,像一根细细的藤蔓，尾巴上挂着一颗瓜。用架子支起的窗户外能清晰地看到蓝天大海。

未来的一周，她会在这里度过。

放下行李回到客厅，阿婆去准备糖水，小春坐在茶几前打量周围。视线里是古朴的桌椅、茶几、柜台、电视、木质的落地窗户，再远一点儿，三双鞋摆放在玄关处，最小的一双歪歪斜斜，左脚那只翻了个底朝天。视线晃了一圈又一圈，最后忍不住停留在柜子上的照片上，隔了一定距离，内容看清一半，除了阿婆和小智，还有一个少年。他的眉眼模糊在白色的镜面光线里。虽只看到轮廓，却已被温柔的气息包围。

小春双手撑着膝盖，直接上前太过唐突，只好忍下。倒是小智很机灵，指着照片问她："姐姐，你想看那个吗？"小春点点头。

"那你猜猜我的小名是什么，猜对了我就拿给你看。"小智神气地抱着脏兮兮的胳膊，得意扬扬地看着她。

"面包。"小春说。

小智一脸震惊，鼻涕也忘记吸，"嗖"地掉下来。他急忙伸手去抹，结果搞得到处都是，年纪虽小，倒也有了出丑后的窘态，于是双手捂脸大叫着："惨了惨了！"冲出去洗脸了。

"小智很调皮，让你见笑了。"端着糖水过来的阿婆微笑着说。

"小孩子嘛。"小春善解人意地回答。

"小春以前来过千叶吗？"

"没有哦。"

"那怎么知道小智的小名呢？"

想必是刚才听到了两个人的对话，面对阿婆的疑问，小春说了谎："我们家有只猫叫面包……没想到能猜中呢。"为了转移话题，小春端起杯子低头喝了一口，唇齿间被香甜沁满，"好好喝！"

"加了一些雪梨、大枣和冰糖,夏天喝对身体好,喜欢的话就不要客气,多喝一些。"阿婆笑盈盈地端起茶壶把小春的杯子加满,然后回头望了望柜子上的那张照片,"以前我孙子也很爱喝,可惜……"

接下来的话小春比任何人都清楚。

"可惜以后他都喝不到了。"

难过一点儿一点儿地从心脏溢出来,小春仰头又喝完一杯糖水,冰凉香甜的液体在她的肚子里,还要再多喝一些才能代替你,阿光。

只是普通的海滨小镇,夏日午后的街道人迹稀少。

小春被小智拉着去甜品店吃了一份名叫"夏日狂欢"的超大冰激凌,又去游戏厅玩了半小时游戏,甚至还去街边抓了娃娃,说是要给小春做导游,却一直都是小智精神奕奕地在玩。最后玩累的小男孩像初见时一样趴在沙滩上找起好玩的东西来,被阿婆叮嘱了很多遍要穿的凉鞋早已远远甩到一边。

来之前对如何度过这几日隐隐不安,现在却手里提着两只小鞋子行走在千叶的海滩。太阳已沉下大半,蓝色的海面涌动着波光,是打碎的宝石,耀眼又漂亮。像你的眼,阿光。

茶褐色短发,瞳仁宛若黑宝石的眼。少年特有的五官棱角分明,又呈现出柔和的线条,侧面是能融化人心的宇宙第一温柔,瘦、高、腿很长——这是阿光的样子。

这个世界上是有奇迹的。琐碎和庸碌的日常填满大脑,苦闷和悲伤肆意蔓延心脏,黑色的因素日趋占满自己的思维,无数次从睡梦中哭着惊醒。连自己的手机号也常常背不出来的迟钝大脑,却无论什么时候都能非常清晰地想起阿光。

跨过拥挤的人群,他拉着她跳上公交车,他当时低头微笑着说不用谢的表情……记忆穿过一条一条长廊，跳过黑板和桌椅，跳过操场和林荫小路，跳过流动的风和滴落的雨，抵达善良的你。

和你有关的细枝末节，回忆起来全是愉悦。小春曾以为阿光是自己生命里唯一的挚友，最后才知道他只是一团耀眼的花火，很快就会消失。如果时光可以重回，一定会好好保护你，一定。

在千叶的第五日，小春已渐渐习惯这里的生活。阿婆做的饭菜总是很香，小春每天被小智拉出去玩到很累才回来，晚上盖着在阳光中晾晒过的被褥很快入眠。无论家里、镇上还是海滩，每一处都是阿光生活过的地方，也许某一刻他和自己踩过相同的土地、触摸过相同的树干、听过相同的海潮声……小春忍不住嘴角上扬。

带来的一点儿行李依旧搁在房间的角落，身上穿的宽大衬衫是阿婆从柜子里找出来的。小春没有问衣服是谁的。很久以后想起来，那时的阿婆一直是笑着的，从未问过小春来千叶的缘由。

离别前一晚赶上镇里的夏日祭，有露天电影和花火会。海滩上拉起巨大的架子和帷幕，前面放了很多小板凳。小春第一次见到这么多镇上的人，一路过来，很多人跟阿婆打招呼。小春遇到熟人——站台检票闸口的老爷爷，他换下制服，摇着蒲扇在指导秩序。尽管头发已经花白，但总觉得他还可以活上好几十年。

尽管只有几日的接触，但无论是去吃冰、买菜、骑自行车，抑或是打游戏、散步、摘水果，小春一直都被千叶的人们善待着。"小姑娘二十一岁了呀，看不出来呢。""毕业旅行为什么要来我们这样的小地方？回去之后就工作了吗？"渐渐能聊很多，唯独来这里的缘由无法诉说。但完全能感受到那种纯朴的和善，就像吹来的清凉海风，让她有满满的舒心感。也因此明白了，只有这种地方，只有在这种地方长大的阿光,才会有那种发自内心的温柔笑容。

"阿光前年夏天还一起来看电影了呢。"有人遗憾地说。

"是啊。"阿婆笑着回答。

"真舍不得……"

那是他们唯一一次去登山,也是最后一次。一行六人,因大雪走散。

浓雾缠绕在周围遮挡视线,草木的身姿是张牙舞爪的怪兽,白色的六角花瓣覆盖一切,深深浅浅的脚印踩踏枯萎的褐色的干草。裸露的皮肤被冰冷吞噬,以及……望不到尽头的眩晕。

"阿光……"

牢牢抓紧的两只手,却预示着分别。小碎石不断从他们身边跌落,跌入那无尽的深渊。冷,好像那下了无数日夜不停歇的雪,冷到骨子里,冷到绝望。

"阿光……不可以放手……"

小春满脸是泪。被树木和雪覆盖的深渊,没有任何可以让她将阿光拉上来的力量。手里握着的那棵手臂粗的树木也开始摇摇欲坠。

"好想再回去一次,阿婆做的糖水真的超好喝。"阿光仰望着她,脸上恢复了平静的表情,他侧了侧头,望着千叶的方向。

"我也很想见见呢,阿光长大的地方一定超好玩。"小春哭着说,"所以不要放手,我们将来一起去吧……我想和阿光一起去。"

"小春。"阿光笑起来,"已经够了哦。"

现在想来,或许当时的自己完全搞错了,说着鼓励他不能放弃的话语,站在对方的角度考虑,明知已像癌症患者到了不能维持的期限,哪有什么等病好了可言。如今的小春已然明白,对绝望的人说希望,是最残忍的事。

对不起，阿光，当时的我寄希望于奇迹，忘了你有多么舍不得，自以为是地将你推入更加痛苦的深渊。

小春很沮丧，跟着一群孩子疯玩的小智也累得趴在她腿上睡着了。夏日祭提前回家。小智在小春背上睡得很香，过了一会儿他偏了偏头，口水晃晃悠悠地滴落在小春的衬衫上。女生无奈地笑了笑。

途中灯光暗淡，怕她摔着，阿婆牵着她走。年近七旬的老人的手，皮肤干燥粗糙，但小春被握紧的手，全是温暖。

把小智放到床上，小春陪阿婆在院子里纳凉。

天空是墨蓝色的，黄色的星星一颗一颗，远处的海在月光下静谧地沉睡。小木桌上放着一排切好的西瓜，那是下午和小智去地里摘回来的，阿婆用冰水镇了一会儿，咬入口里是沁人心脾的甜。

"小时候阿光也常常像现在一样跟我在这里纳凉。他外公去世得早，阿光的父母孝顺，怕我寂寞，就把孩子送回来跟我一起生活，托他的福，我过得很快乐。"阿婆摇着蒲扇，慢悠悠地继续讲，"小春是为了阿光来千叶的吧？"

夏夜的蚊虫很多，小春蹲在地上用剪刀挑着蚊香，听到阿婆的话时顿了顿，然后继续手下的动作，嘴里轻轻回答了一句："嗯。"

小春和阿光成为朋友，是因为看到他在学校里和流浪猫相处的样子。

干净爽朗的少年，每日都买猫粮去喂食，他坐在花坛边上微笑着将食物分成一小块一小块去喂那只快要死去的猫。轻柔的动作和神情，让阳光都为之失色。但那只猫在几天以后还是死了，死亡最让人无望。

那以后的很多个午后，窗外的秃枝长出绿叶，远行的燕子归巢，只有阿光不再回来。小春越发少言,常常一个人躺在家里。风吹开帘子,阳光探身而进。光亮熨着她薄薄的眼睑,刺眼得紧,躺在地板上的身体忍不住翻了翻。于是整个夏天开始倾斜。

她心里空落落地痛着。她知道,她是失去了,永远失去了最好的朋友阿光。

然而此刻,在他长大的小镇,在他长大的家里,在他的家人身旁……静静吃着刚摘回来的西瓜的人,是自己。

很久以后想起来,阿光他大概知道小春一定会去千叶,在那个地方,所有伤痛都会被治愈。这是阿光的温柔。

阿婆拿出相册,里面有很多阿光小时候的照片。在海里充满活力游泳的阿光,在樱花树下腼腆笑着的阿光,在客厅里调皮着倒立的阿光,摸着刚剪完的头发苦着脸的阿光……那么多阿光。

"虽然要听话很多,不过还是很像呢,阿光和小智。"阿婆看着小春翻阅那些照片,脸上是一如既往的温柔慈祥。

"阿婆。"小春靠着阿婆的肩膀,老人身上散发出岁月的味道,安详宁静,即使说着悲伤的事,难过的种子也无法在她心里发芽抽条,那些翻涌的情感,好像天边被吹散的乌云,"阿公过世时你怎么熬过来的呢?如果也能做到像阿婆这样总是微笑就好了。"

"一起埋掉了。"阿婆说到这里笑起来说,"把以后一个人的孤寂和困难装进了盒子里,负气地想他丢下我一个人去过好日子了,那我也要好好生活下去。"

"哈,是这样?"

"还有时间也放进盒子里了。"

"嗯。"小春轻轻回答。

"不是所有的离别都要用眼泪说再见。为了没有遗憾，我们要一直微笑面对生活，即使下一秒就不再见面了，留在彼此心中的也全是幸福的回忆。生命有时就像花火一样短暂，微小的光却能带给某些人幸福。像阿光那么温柔的孩子，这世界上一定有他觉得幸福的存在，也一定有因为他而幸福的存在，即使到了天上，他也会温柔地看着我们，所以我们更应该好好生活下去，将来还会在另一个世界见面的……我这把年纪，也快了。"

"阿婆会活一百岁……不，两百岁……不不，阿婆才不会死。"

"傻丫头。"阿婆怜爱地摸摸小春的头。

"砰——砰——"

远处的海滩传来欢笑的声音，无数朵烟花升入夜空，将黑夜点亮。应该是电影结束了，花火会开始了。无数朵花火让黑夜变成白昼，是光的力量。小春依偎着阿婆，静静看着那动人的景色。如果我们爱的人是花火，既然留不下，就永远记住那瞬间的美。

这就是你的千叶呢，阿光。我也会全部记下来。

笛声鸣起，小春提着箱子进入车厢。

"你以后还来吗？"难得穿得整齐的小智依旧吸着鼻涕，可怜巴巴地望着小春。

"嗯。"小春看看阿婆，笑着点点头。

明年来，后年还来，每年都来。阿光，我想我明白了你爱这里的理由。

他们不是恋人，自始至终，她只是他众多朋友中最普通的一个。

想念太美好，也太绝望。然而此刻小春终于明白，无论这条路多长，在另一头一定有一个明晃晃的晴天，樱花谢了还会再开，松软的海滩有潮湿的海风拂来，黑暗的夜空因光重回白昼。

调皮的小智和慈祥的阿婆，宁静的千叶和香甜的糖水。

你不能再看到的、听到的、尝到的、感受到的……一切一切，由我来帮你完成。

由我来帮你完成吧。

阿光。

 授课二

怎样将一个简单故事讲得吸引人

这篇《花火》是第一届超级明星文学选拔赛现场赛的命题写作作品。现场赛是在长沙举办的,要求在规定时间内围绕这个题目创作,体裁和字数不限。我拿到题目后首先思考了"花火"是什么,脑海里浮现出与之相关的意象:是黑夜绽放的火焰花朵,是一瞬间消失的明亮之光,是夏天,是海滩,是一起观看的人,是笑颜,是回忆。所以,我以花火"虽是转瞬即逝的美丽,但曾点亮黑夜,永远在回忆里闪耀"的特点,结合主办方是青春文学杂志的背景,构思和创作出了这篇小说。

由于现场赛的种种条件(比如时间等)限制,怎么把一个简单的故事讲得吸引人呢?平铺直叙可能不太加分,所以我打乱了故事顺序,把过去和现在分为两条线展开,同时在人物设置上选择了青涩的女孩与年迈的妇人进行比较,虽然同样有着失去的经历,但那些"失去"并不是真的"失去",那些瞬间闪耀过的光将会照亮我们往后的路,以此来升华了主题。

课后学习书单

1. 梁实秋著:《雅舍小品》,上海文艺出版社,2018年。
2. 史铁生著:《病隙碎笔》,陕西师范大学出版社,2006年。
3. [法]圣埃克苏佩里著:《小王子》,马振聘译,人民文学出版社,2017年。
4. [美]亨利·戴维·梭罗著:《瓦尔登湖》,潘庆舲译,上海译文出版社,2015年。
5. [英]阿瑟·柯南·道尔著:《福尔摩斯探案集》,陈羽纶、丁钟华等译,群众出版社,2014年。

李嘉茵的写作课

- 写作要点
- 写作现场
- 授课
- 课后学习书单

文学冠军简介：李嘉茵，1996年生于山东泰安，毕业于厦门大学中文系，现就读于南京大学文学院。南京市第二期"青春文学人才计划·青蓝人才"签约作者。曾获第十四届全国新概念作文大赛一等奖、第十五届全国新概念作文大赛二等奖、第一届中国新编剧大赛第九周周赛冠军、第十一届中融全国原创文学大赛小说组三等奖等奖项。小说发表于《雨花》《青春》《芳草》《山东文学》《福建文学》《长江文艺》《萌芽》等期刊。

 写作要点

需保证作品的完整性和结构的匀称性

标准和量化往往是创作的敌人,根据我的自身经验来看,较短时间内勉力写出的东西,往往不足为观。此外,征稿形式的比赛相较现场命题创作更为自由,但往往也会对体裁、字数、主题做出具体要求。

当然竞赛式写作也有好处,最显而易见的一点是,写作的煎熬历程会被无限浓缩至一个特定时限。就我曾参加过的几场新概念作文比赛而言,每一次都好似昆虫蜕皮,写完便能心安理得地丢掉,不必一遍遍经历审视作品时的羞惭,我得以迅速解放。在创作时间短促的情况下,不妨先保证作品的完整性和结构的匀称性,因此在正式下笔前,不妨开列提纲,谋篇布局。确保这两点之后,再尝试追求其他,只要作品气脉通畅,加之一两处闪光点,便能基本保证成色。

若说竞赛式写作纯粹是着眼于当下的创作活动的话,日常写作更应主动面向未来。在日常写作过程中,最好能尽量放缓写作速度,有意识地对自身写作的缺陷进行弥补,哪怕过程煎熬,至少每写一篇,便有一篇的收获。同时,写得越多,经验积累得越多,构思越缜密周到,也就越不容易满足,反过来也会延缓写作速度。在这一过程中,写作者不断地暂停、审视自身的创作,从中延伸出作品可能的发展态势,并进行判断和拣择。这样写下去,虽然道路漫长,却是走向成熟的必经之途。

 写作现场

第十四届全国新概念作文大赛一等奖初赛作品
阑珊

一

桌上摆着一缸鱼,五条。灰突突的,泛着污色,拖着招摇的黑纱绸尾鳍摇来曳去。微微泛绿的水底折射着微弱日光。

我一动不动地坐着,看日光在鱼缸底凝成一个弱小又极亮的光斑。

有时坐在桌上,将思绪浸入阴绿的水底,看它们半透明的嘴唇开合着,喃喃诉说。我看着它们矮小沙丘样突起的背鳍,隐隐现出浅白的脉络。

它们无恙,仍蠢笨地摇来曳去,像一团昏黑的迷雾,裹挟着刻毒的诅咒。

我爱盯着玻璃缸中日光筛下的斑驳光晕,却鲜少推窗而视。我不喜欢旅馆外暗绿寂静的野地和倏尔闪过的巴掌大的飞蛾。茸黄身体下,过于纤细柔软的足踝会一不小心缠上绿纱窗,痉挛地挣脱着,触须弹动好似烈风吹刮初夏的嫩柳条。我悲悯又嫌怨地看向它,它被卡在玻璃与窗纱之间。

伴着蛾翅翕动的喧噪,一根烟燃尽成灰,我走过去推开窗户。了无痕迹,一切安谧。但或许蛾翅的磷粉沾染到了玻璃上。

橙色的暮景自那红圆一点层层洇散，满涨的明亮霞光填补了城堡尖顶那块褪色的彩漆。腐锈的雕花铁栅栏圈围起无尽的蒿草，就像陶罐拦不住幼年榕树的根茎长势。我猜想有朝一日那浓绿的汁水会淌得肆无忌惮，像浸过巫女啜饮的灵药。

　　那曾经是一个游乐场，也曾一度繁华富丽、灯火洋溢，是这个荒凉偏僻小镇上的一道幻景。络绎的游客曾经带来不小的希望，却没能为小镇带来显耀的广厦，开发商埋下的种，却没能长出钢铁森林和法桐大道，无人践踏的草甸最终也无人修剪，穿过铁栅栏，与那漫野的蒿草勾连一片，一季又一季荒芜。

二

　　暂居的宾馆很大，空寂。外表轩昂气派，仿效着欧式华堂，四壁挂着宫廷贵妇的肖像，羽毛宽檐帽，纤窄细腰，丰满饱胀的鲸鱼骨裙。红毯展向每个角落，颜色暗沉、无精打采，许久无人打理，却妄想要承接画框中名流仕女垂下的华美裙摆。

　　我的房间在三层，还算宽敞明亮。夜里躺在床上，盯着天花板上返潮剥落的墙皮，耳中寂然一片，宁谧无声，不真实的触感像是月光牵引的潮汐，涌起又落下。

　　清早的乳白色日光在床前的空地上投下不规则的光斑。玻璃鱼缸中仅剩的四条黑金鱼麻木而迟缓地游动。回想起昨夜，我疑心另一条鱼是被编织成网的丝缕月光打捞去了。

　　半睡半醒之间，我被一阵收拾东西的声响吵醒，抬腕看表，四点钟。这一觉睡了很久。

　　觉察到我醒来，一个身穿客房部制服的女孩停住了擦拭电视机的动作，回身冲我笑笑。

有些惊讶,从前住过的旅馆,总是能自动摸清人的习性一般,在客人外出的工夫派人打扫,甚至有一回我在房间内待了一整日,不过是出门吃晚饭的间隙,回来推开房门发觉一室整洁。旅馆像是撒开的一张绵软无声的蜘蛛网,有丝毫的震颤都能使推着盛满床单浴巾的铁轮车的保洁人员觉察。

女孩身着亚麻色套装,白衬衫熨帖,包身的一步裙在走动时漾起鱼尾似的波纹。发丝顺滑,脖颈修长优雅,没有戴胸牌。

你可见到了那条鱼?我在心里问道。

脱口而出时间的却是:"你……的名字?"

女孩动作一滞,微微偏头看我,"叫我栀子吧。"

女孩叠起抹布,用洁净如新的一侧轻拭着鱼缸外壁,黑金鱼们依旧呆钝迟缓地游动。她忽然停下了动作,歪头看着它们游动的朴拙身形,发出一声感慨:"看上去阴惨惨的。" 接着她站起身,重新审视了瓷砖的光洁程度和被我揉作一团的被褥,我摆摆手示意不必麻烦了。

"你打算长住吧?可以帮你搬一盆绿萝来。"她最后补充了房间里的瓶装饮用水,笑着关上门。这笑容并不是为酒店或客人定制的,真假难辨。她笑得舒心惬意,像是注视着日光里绿芽尖上润泽的饱满柔光。在我揉皱泛黄的记忆里似乎有迹可循,细听,缓缓铺展开时有纸张飘动的细琐回音。

不过一刻钟,绿萝送来了。我把它摆在窗台上,油绿的叶被蒙上一层乳白色的光晕。长枝闲散垂下,由密转疏,错落有致,仿若一只精致的绿流苏耳环。

我再望向鱼缸时,便发觉已掺进了一抹绿。揉散在细腻的水纹里,像撒下一把绿藻,浮动无定。黑金鱼静静摆尾,从中透出些许优雅。

我凑近了去看绿萝,发觉叶子上生出了细小的红茸茸的斑点,圆滑的叶面就好似瓢虫光滑鲜柔的背,带有新月的弧度。妻子也很喜欢摆弄植物，好似天生与花草相近。静棠，也不知是不是受了名字的蛊惑。静棠喜欢用一个米色的喷水壶喷洒植物，样子好似演示茶道。

三

我记起了来到此处的目的，曾经一度忘记的目的。

在岚山站前，有几股稀疏的浅雾流散在天地间，不时显现出一方朗润山野。站牌上只有无比清瘦的两个字——岚山。没有打瞌睡的站务员，没有花哨的自动售卖机，没有密匝匝的宽条幅广告，没有抢客的出租车司机，只有一个卖金鱼的老人。他低头坐着，摆弄手边的一盆灯笼草。大大小小的玻璃鱼缸摆放在一块织染花布上，绿底红花，褪色泛白，没了嚣噪，格外淡雅。

好像蜷缩在破旧车厢一角莹洁泛光的梦境。

我返身取回行李箱，向大雾尽头走去。火车在我身后低沉哀鸣，喘息一阵，逝光一般疾驰。

就这样，我中途逃下了车，火车本是开往梅镇的。我去那里寻找离家半月的妻子。

我坐在饭桌上，盯着从冰箱中取出的半个月前放进去被冻得坚挺的玉米薄饼。目光游移到卧室里一尘不染的空床铺上。我起身走到晾台上，看着她最喜欢的一盆灯笼草。提起喷水壶，晃晃，早已干涸。

这时我才意识到她真的走了。她没有像平日出差时留下字条，也并没有带走什么，洗净的衣物仍静静悬挂在晾台上，那件碎花衬衫袖口的纽扣依然没能找到，最喜欢的驼色连衣裙没有取下带走。

夜里我静静地躺在床上，背对着她的那侧床沿，鸣虫在夜中沉吟，空落落的。我静数心跳，像是用指节敲击玻璃器皿，凑近了去听那微弱的回声。枕上早已没有了她的气息，我只找到了一根枯黄微曲的发丝。

我拧亮台灯，翻开抽屉找烟，发现了一块折好的地图，有圆珠笔痕，圈住了遥远的"梅镇"。一种不安的焦躁和微喜涌上心头，我因这不安而心安。"我原本是要去往梅镇的。"我对着鱼缸喃喃说道。

"那为什么留在了这里？"

只剩沉默，黑金鱼自然不会发问。我侧身躺下，盯着它们粼粼晃动的姿影，轻薄的尾鳍在水中涤荡，拧灭了台灯。

清早起来，日影缓缓移动，鱼又少了一条。

鱼缸没有破裂的痕迹，泛绿的缸底完好，周遭没有水渍，莫非是它自己跃向了窗外？

四

那是大学空旷的校园，日光倾满的午后。我坐在一条安静的长廊里，幽邃又安谧。

这是梦不错，是我与妻子陷入如南极冰盖下的僵冷境遇时最常回忆的梦境。

风歌，叶响。大片的斑驳树影落在地上，粘连成了梦呓。

她走了过来，穿着驼色连衣裙，迎着日光走过。白色半高跟鞋踏出清脆的声响，散发着疏离的气息。屏息凝视，驼色连衣裙几乎模糊褪色，款式似乎也略有改变，走动时裙摆荡起鱼尾似的褶皱。是那件亚麻色套装。来人看不清脸，但脖颈格外优雅修长。

画面开始颤动，不知从哪里吹来一阵风，流云掩去太阳的光芒，不知何方飘来的雾气，四处流淌，像是谁漫不经心缓缓吐出的白蒙蒙的烟气。大雾深处只传来渐弱的脚步声，女孩渐渐走远了。

我望不穿雾气。她似乎回身顾盼张望，又似乎没有。倏尔，画面又开始震颤，树影深深浅浅，荫翳扩散开去，如同翻涌的洪水。雾气向两侧消散，如同潮水中虚浮的白浪，从中破开一道孔隙，幽深难测，整个世界被波纹推至两侧，随之倾塌。

我从梦中惊醒，深深喘息，却发现四肢好像受了牵制，浑身僵直，动弹不得。

我望着黑夜，这里的黑带着少有的优雅娴静，黑得入骨通透，通透到能映出自己的心。我伸展手指想极力碰触这捉摸不定的黑色，我想起了金鱼，它们隐匿在黑暗中，了无声息。

望了一会儿，仍低头看着灰黑的金鱼，纱绸尾部摇曳，泛出幽蓝的光。金鱼们游得急促，不再是白天慢吞吞的样子，翩跹的纱绸层层曳动，首尾接连，好似在跳一场华美的交谊舞。

女孩眼珠淡漠，沉静地看着金鱼，那个姿态似乎透出了永恒的意味。

在我重又坠入梦境之时，脑中回味不已的仍是那优美修长的脖颈，好似细瓷。

五

鱼又少了一条。但我想我知道了缘由。

但仍是不解，若是栀子用备用钥匙进入我的房间，何苦要偷走金鱼呢？

接下来的几天，我总会在下午出门散步。一切未解，不想与栀子见面。

行走在空旷的野地，泥径旁涌出粗壮的蚯蚓，红斑瓢虫静静伏在绿得发腻的叶上，不时飞过巴掌大的灰蛾。足尖一顿，发现自己走上了一条鹅卵石小径，蒿草中不时隐现长长的石凳，我发觉自己正在去往游乐场的路上。

游乐场是少时的梦。家乡的游乐场，深处有一湾湖水，雇一条小船，在饱涨着日光的湖面上迷离漂荡。湖的两岸是幽深的密林，透出一种莫测的深邃。静棠曾提议一起下船去看看，我抱怨小船上没有锚。

她不理，侧过脸去遥望密林，侧颜姣好，柔缓的线条上笼着一层光晕，带着疏离的忧愁。

下船后，我们会走回游乐场正中，坐在路灯下的长椅上，各自翻看喜欢的书本，或是静坐着，不出声。看周围绚丽的灯光、浮动的笑影和淡淡游离的萤火，宛如一场声势浩大的烟火，艳丽的花团有一刻美到极致，轰轰烈烈随之痛快湮没，息影于夜空。

月和星辰都不记得，夜也还是寂夜。

伴着黯淡下去的灯火，人流稀散，我们起身往回走。虫在夜里沉吟，穿过游乐场铁门时有一种腐锈的味道。

现下是白日，细密的卵石冷硬硌脚，不再是通往回忆的松软沙土。

铁门半掩着，却被长势骇人的野草围拢，我走上去拨开齐腰的草丛，衬衫沾上了鲜腥的青草气。臂上被划出浅浅痕迹，隐隐渗出血丝。我像是冒险闯入巨人花园的小男孩。

草丛中并不宁静。有烤得焦黑的玉米，作为经年之前一场烧烤盛宴的遗骸；有散落的宣传单，半彩的油墨腐烂在泥土里；有折断翅膀的蝴蝶，祭品一般被运向红蚁巢穴。这座游乐场并没有失掉生命，哪怕它一眼看上去破落苍凉，宛如野地。

我抬头看向不远处的山坡，一幢幢欧式小楼褪去浮夸的颜料，变得斑驳凝重，不再码放得像从鲜嫩童话里倾倒出来，刚好与孩提时的甜梦相吻合的样子。窗框早已剥落，无数双黑洞洞的眼睛，看向山脚的那一片荒墟，目不转睛却茫然无措。

废弃的喷水池后屹立着曾经辉煌过的建筑，十六根石柱撑起门庭，好似一个潦草的复原版帕特农神庙。我走过去看喷水池旁的原木色指向标，沿着红漆剥落的箭头，向教堂方向走去。

在游乐场里建教堂，是一项匪夷所思的投资。

我踏上几近隐没在野草中的石阶，嗅着鲜草的腥气。望见了教堂的哥特式尖顶，以及碎了半块玻璃的彩色圆窗。

隔着一座矮小的白石桥，我被这斯文、挺秀的建筑吸引，教堂一侧闲散地生着蔷薇，艳丽的光泽衬着教堂的清峻，就好像烂漫的小女孩挽着素衣淡衫。

门前散落着几片花瓣，风微拂着指尖，像是谁遗落的一场梦。

我曾经给过妻子许多承诺。从一件碎花衬衫的纽扣到一本鲜见的诗集，再到一桩幸福满溢的婚姻。大学毕业后我们去乡间旅行，见过一座低矮的小教堂，不是很起眼。拱形门上有一块纤小的十字架浮雕，门前摆着一个个陶罐，种着青稚的幼苗，在微颊的日暮里泛着好看的柔光。

静棠的睫毛轻轻颤动，偏头看了看我，我读出了她未吐露的愿望。但是最后，我们都没能回到那年的乡下，回到日暮里的温暖。

夕阳照着教堂尖顶，我的心中涌起一种莫名的冲动。我掏出手机，凭记忆按下一长串号码，贴在耳边，手指有些无力。电话里只传来一串忙音。紧闭的教堂大门，森严又静默。我最后望了一眼那扇绮丽的彩窗，在日暮下是浸满芳泽的玫瑰色。只有站在教堂中的人才能观赏那蜃景般空幻的投影，沉沉入梦。

我踏着夜幕回到房间，斜坐在桌子上，看着仅剩的一条鱼。它在空荡荡的鱼缸中游荡，迟缓麻木，一如往日。

我用指节弹动鱼缸，金鱼不情愿地摆动黑纱绸。我发现它方才游过的地方下，有一张字条压在缸底，上面写道："金鱼爱吃教堂里的灯笼草。"也许是栀子的恶作剧。

六

每当看到饱涨的日光,湖面游离着淡淡雾气,静棠挽着我的手臂时,我便意识到这又是幻梦一场。一切就像是一场沉闷的电影,一次次重播,一场场宿醉。错位的镜头无法修改,动作和表情永远无法拿捏到位,眼神空泛。像是两个蹩脚的演员,天赋有限却学不会排演。我头疼欲裂。

两个人缓缓荡着船桨。静棠指向密林深处,我并没有像往常一般立即摇头。我怔住,盯着她的眼珠,在日光下有些眩晕。我轻轻冲她点了一下头,她笑得像个孩子,眼睛里却满是悲哀。她起身,像个精灵一样越过水面飞跑起来,一直跑向密林深处。

我仍在江边迷惘漂荡,眼泪簌簌落下。不知过了多久,我定下心神,松开了船桨。平整如镜的水面荡开层层涟漪,随之从中断裂开,两岸的枝叶凋零,转眼涣散成了碎片。

我醒了后,女孩静静地坐在月光里,目不转视地盯着空寂的鱼缸。

"一条鱼都没有了。"她的指尖轻轻碰触冰冷的鱼缸。浮藻的荫翳缠上她的手指。

我没有发问,也没有回答。

她侧过脸去,静静地望着月光,似乎是在接受月亮隐秘的牵引召唤。她修长的脖颈如弯月一般浮现,泛着淡白光华,好似细瓷。

接着她起身,小心掸平衣衫上的褶皱,裙摆优雅如出水的莲花。她望向我的眼睛,说:"带我去一次游乐场吧。"

我不知栀子的话是不是梦呓。清早起床,房间里只有我一个人,桌上连鱼缸都消失了。

在房间中等至黄昏,栀子都没有出现。我只好独自出门。

沿着卵石路走到半掩的铁门前,发现她已在不远处的树下等待,目光盯着别处,没有顾盼,似乎是觉察到了我的存在一般,直冲我走来,脖颈优美如常。

我走在她身前,为她拨开厚密的野草,引她向教堂方向走去。

我们走过矮小的白石桥,我蹲下身子,小心擦拭石阶,起身走到教堂前的玫瑰丛中,摘下清艳一朵,递给栀子,她淡笑。

我们坐在白石桥上,望着冷峻的教堂。看那扇玻璃彩窗在橙色暮景中幻化出万千光华,仿若圣光。忽然想起那乡间的小教堂,似乎也有一扇玻璃彩窗,远远飘出童稚的颂歌声。

我盯着那扇玻璃彩窗,沉溺在那令人迷醉的梦幻中。思绪揉成一团,理不清最开始的那根线头。

我想起了梅镇,想起了野地里的流岚,想起了干涸的喷水壶,想起了半旧的驼色连衣裙,想起了饱涨的日光,想起了半高跟的乳白色皮鞋在大理石地面上踏出的清脆声响……不,明明是一双系带凉鞋,沉钝地敲击着大理石地面,矮小的鞋跟,敲击着我心中的鼓,直至日后的琐碎争执将它敲裂敲碎,那面鼓依然甘愿被矮小的鞋跟踩踏着,如同在平整如镜的湖面上荡开裂痕似的波澜。

谁与我一同执桨?与我一同坐在夜幕中等一切喧嚣散去,抱着一摞书,身形融化在骄阳里,她的眼珠中饱含着一切话音,期许或哀怨。日暮里她柔缓的脸部线条泛着光华,脖颈并不修长,透着稚气。我们在一盏路灯下等,等一切重归于寂然,人流散去别处,暮色阑珊,夜风柔长。

一阵风拂过发梢,冷意从石阶上传来,爬满全身。蔷薇在风里飘散一地。

我的身畔,静静放着一朵蔷薇,开得正好。

掏出手机,那张压在鱼缸下的字条从口袋中掉落。晚霞迷醉,夕阳将要隐匿。

教堂的门静默在深红里,门缝中泛出一丝幽光。看上去是紧掩的,一推,才发觉并没有锁上。浑浊的空气里弥散着灰土,我越过排排座椅,来到窗影前。流光溢彩的窗影,地上静淌着,以无法觉察的微小速度流动,延展向上的光亮通路里,有无数纤尘翩跹起舞,流离旋转。而在那扇窗户的缺口处,摆放着一个鱼缸,黑金鱼抖弄着纱绸。迷醉的霞光在鱼缸底凝成一个光斑,如缺了一角的迷梦。

暮色阑珊,我抱着鱼缸走出游乐场大门。虫在夜里沉吟,六条金鱼摇来曳去,纱绸荡漾。鱼缸沉甸甸的,好似回忆。我不时掏出手机,按下重播键,忙音空洞。铁门有一种腐锈的腥气,我深深嗅着。

 授课

在创作中加入灵光闪烁的轻盈之物

时隔日远,我已近乎不记得当时写作的心境。动笔时,大概是2013年的暑假,甚至更早一些。升入高中不久,课业压力很大,写作只能在寒暑假进行。当时我仍迷恋着村上春树的小说,追求灵巧和轻盈,以及漂浮不定的情绪,在这篇小说中残留了些许效仿的味道。我试着以鱼缸中一条又一条鱼的消失,来昭示昔日情感更替和消殒,并将此视作故事情节推进的标识。不幸的是,这一设想在几年后的影视化过程中(与本科同学合作将小说改编为剧本并进行了拍摄,业余得仿若一场游戏)被证明是漏洞百出的,在确凿无疑的立体时空中,以金鱼条数跃升作为情节推助或节点的想法完全是不堪一击的。当然,如果这一细节放在一部恐怖短片里,呈现的效果可能会更好些。

这件事侧面反映出一个问题,如果摒弃小说中这些灵光闪烁,剩余的躯干只能是暴露而残缺的,起码内里缺乏一种恒久而稳固的物质。一再沉湎于往昔记忆,努力去打捞那些闪光之物,最终两手空空。努力钻营语词,并最终为修辞所累。

如今回看才发觉,这种不自觉的延续不仅体现在美学趋向上,核心内涵也是如此。小说结尾处,"铁门有一种腐锈的腥气,我深深嗅

着",是对记忆中那些无可挽回的美好事物的悼念和目送。那些晶莹而美丽的事物,总是不可追、不可得、不能恒久,但它们始终会在记忆里盘旋缠绕,并伴随我们行走于当下,甚至走向遥远的未来。在相隔甚远的时空之间,意识的潜流清晰地浮现出来,并在此处完成了交汇。随之,想起了M.普鲁斯特书写《追忆似水年华》时的一则自喻:被黄蜂幼虫寄生的昆虫,无法摆脱被蚕食的命运,无法从记忆中抽离而出的写作者,等待着成为作品的织物,在完成之前,将会一直保持蜷缩的姿态。

课后学习书单

1. [阿根廷]豪尔赫·路易斯·博尔赫斯著:《小径分岔的花园》,王永年译,上海译文出版社,2015年。
2. [法]米兰·昆德拉著:《生活在别处》,袁筱一译,上海译文出版社,2014年。
3. 杨庆祥著:《社会问题与文学想象——从1980年代到当下》,上海文艺出版社,2017年。
4. 项飙、吴琦著:《把自己作为方法:与项飙谈话》,上海文艺出版社,2020年。

李司平的写作课

- 写作要点
- 写作现场
- 授课
- 课后学习书单

文学冠军简介：李司平，男，傣族，1996年生于云南普洱，青年作家、诗人。曾获《人民文学》第九届全国高校文学征文小说一等奖、第六届全国大学生野草文学奖散文组一等奖、第四届广西网络文学大赛小说一等奖、第十届"茅台杯"《小说选刊》年度新人奖等奖项。小说作品发表于《中国作家》《小说选刊》等期刊。

> 写作要点

要有自己独立的作品意识

我一再坚持,写作不过是为了表达,于舞蹈、于歌唱、于绘画,没有区别。写作是人的一种创造性行为,从来不会是一个终点、一个目的。一个成熟的作家必定有着自己独立的作品意识,作家、作家的思维,乃至作家的纸和笔都是达成一致为作品服务的。不曲意逢迎,不委曲求全,不阿谀奉承,这应该是一个作家的底线。

 写作现场

《人民文学》第九届全国高校文学征文小说一等奖作品
猪嗷嗷叫

一

猪走路的时候一点儿都不好看,尤其下坡的时候,像醉汉划拳。

身负重任,猪从北方的养殖场一路扭着屁股来到了南方高原的村庄。它是头母猪,托付终身于村民发顺,负责繁衍。这里的繁衍包含着另外一层意思——坚决杜绝好吃懒做之人在脱贫和返贫二者之间不停地循环。这是一个修补短板难以突破的怪圈,一贯如此地事在人为,无论好事与坏事。

年久失修的土坯墙上搭着同样岌岌可危的房梁和破瓦,房檐之下是发顺乱糟糟的家。客台的一侧拢着火塘,火塘中杵着几根尚未干透的柴火棒子,不见明火,冒着浓烟熏着吊在火塘上面无物可装的几个编织袋。每个可视的角落都结着蜘蛛网,蜘蛛网一层层堆积起来,挂满了火塘升起的烟尘以及蚊虫的尸体。这是一个破败的农家,或者它就不曾兴盛过。

自古破檐之下鲜有自视清洁之人,所以刚从宿醉中挺过来的发顺以及他邀来的酒友惺忪着眼,老岩打着哈欠,二黑朝着院子远远啐出一口痰,被狗吃掉。三人乃是臭味相投、同病相怜从而惺惺相惜的好友,唯

一不同的是发顺在前些年忽悠回来一个少言寡语的媳妇,叫玉旺。

"我婆娘!水腌菜好了没有?"发顺在客台上喝着,前一句喝给二黑和老岩听,是炫耀;后一句喝给村里人听,所以声音很大,因为村子很小。发顺的唯一长处,在于贫穷得善于自欺欺人并苦中作乐。基于他一无所有,这算是一种乐观。

"好了!"玉旺的声音从偏房传出来,她正伸手朝着一个缺边少角的坛子深处抠。劣质的坛子里盛着大部分已发霉的腌菜,所以希望在深处。

今天发顺请杀猪的黑顺来到了家里。黑顺是个小老头儿,焦瘦、干巴。黑顺在火塘边"咕噜噜"抽水烟筒的时候,三分之二的脸皮要用来蒙住烟筒口。公认的是,黑顺是个没有原则的杀猪匠,将杀猪视为他的一种复仇手段。黑顺号称方圆十里唯一的,也是最精巧的杀猪匠。

以村庄为中心的方圆十里,都是山。

二

猪还小,长了架子还没开始结膘。

猪圈失修漏雨,在雨季积成泥塘,入冬还未干涸。猪喜群居,落单的猪娃不好喂养。简易而又枯腐的猪圈栏才打开过半,里头的猪便迫不及待冲出,从这人的胯下钻入,从另外一个人的胯下钻出。还未结膘的猪最灵活,紧实的皮子下没有多余的脂肪累赘。前蹄短粗有力,后腿细长有力。这是自然给予猪觅食和逃生的造化,这只落单还未肥化的猪最大限度地保持了本能,这是优势。

磨刀霍霍,还要猪活着,这是故事安排。

当然,为了敬神,他们准备了香纸,充满仪式感地宰杀一头猪——这里,是万物有灵的南高原。另外,他们还准备了茶叶、糯米和酒水。

玉旺寡言但不呆，不忘习俗。

虎视眈眈，这里的虎视眈眈是相对的。发顺等人虎视眈眈地盯着出圈的猪，院里的猪也虎视眈眈地盯着围着它的一圈人。人与猪的对峙，人为了吃肉，以便下酒，猪也察觉到不怀好意的进。人进，猪退。人走近，猪后退。猪屁股擦到墙根的时候已退无可退，所以猪哼哼，从低沉转向慌张的激昂。单枪匹马的猪，人多势众的人，局势足够明朗。

发顺张着蛇皮袋，准备套住猪头。

二黑备着结好扣子的绳索。

老岩在大醉中夸下海口，从黑顺手中夺权。持着尖刀，今天他做"凶手"。

被夺权之后的黑顺站在一边，口授着杀猪的经验。不过，似乎现在没人听他的。

有时候猪哼哼比人说话好听。比如现在，猪哼哼得就比较有内涵。这说明一个重要的问题，此猪非彼猪，因为它还未见刀却眼先红。红眼之兽并非善类，绝非漫不经心听天由命之辈。

猪哼哼，低着头寻着地，两只前蹄刨着光滑的水泥地。发顺张好蛇皮口袋顺势往猪头套去，猪一惊，后撤两步，发顺第一次套猪头的动作落空。收不住力的发顺在地面上摔了个嘴啃泥，顺便吮了吮嘴唇流出的血，爬起来往掌心啐两口唾沫，搓了搓，拍拍屁股。后退两步的猪摇摇晃晃的屁股抵近二黑，二黑顺势一把揪住猪的尾巴，往上提。猪尾巴往上提，后腿悬空使不上力气。所以猪"嗷嗷"，前蹄往前刨，二黑跟在猪屁股后边提着猪尾巴跑："快点儿来帮忙，别看猪小，特别有力道！"

老岩放下尖刀，揪住猪耳朵。

发顺顺势捉住猪的右前蹄，想用绳索将右蹄和左蹄捆牢。

黑顺站在案桌上吆喝："推过来，推猪过来，我抓住猪鬃把它提上来！"黑顺口中所谓的"提"不过是基于他半生屠猪所积攒下来的人人皆知的口风。也正因为这样，没人质疑，包括揪耳朵的和提尾巴往上拽的。

这是一场人多势众的必胜之仗，所以猪"嗷嗷"，声音有些嘶哑和绝望。推至案桌下的猪"嗷嗷"，众人齐心协力："一……二……"

绝不是黑顺的功劳。猪被抬上一米多高的案桌之上侧躺着，二黑放下紧揪的猪尾，双手钳住猪朝上的右腿，用力别着。黑顺向下一压，用身子按住猪的腹背："老岩，你掐准猪大腿的酸筋，让它使不上力气。发顺，你别提猪耳朵了，快去拿绳子来捆住猪嘴。"被众人控制在案板上的猪还在"嗷嗷"乱叫，悬空在案板之外的脑袋激烈地摇晃，咧着沾满腥气白沫子的猪嘴嘶号。每一声悠长嘶号声的起来到落下，都伴着以身压猪的黑顺在猪腹背处上下起伏："老岩你快拿刀……发顺赶紧捆住猪嘴，然后提着猪耳朵！"

所以猪的嘶号持续不了多长时间就变成了憋而不通畅的"呜呜"声，因为它的嘴很快就被发顺捆牢扎紧。

完全受制待宰的猪此时唯一能用作防卫的部位只剩下眼睛，它侧躺着。朝上的眼睛恶狠狠地看着在它身上忙得团团转的人。以猪的视角，最先看见捆它嘴巴的发顺这会儿紧紧扯着它的耳朵，手指紧紧地扣着耳朵上钉着的蓝色号牌，余光向后方扫见俯在它身上焦瘦的黑顺。它还感觉到后腿受制，无奈猪脖子上只有一条筋，无法大幅度转过头来看见别住猪后腿的二黑。

你见过这样的绝望吗？关于一头猪。

案桌上的猪突然停止了激烈的挣扎，鼻子出声，"呜呜"着。

黑顺说道："都好好按紧啰！它开始蓄力了！老岩你快点儿……"

如果这会儿再从猪的视角看，那个持着尖刀走近的坏男人就是老岩。老岩终于得偿所愿，昨夜醉酒之后夸下的杀猪的海口今日得以实现。没酒壮胆，酒醒的老岩可没有那么勇敢，颤颤巍巍，无从下手。

黑顺喊："愣着干吗！快点儿，我们按不住了。"

老岩问道："要从哪里杀吗？没杀过。"

随着案桌上的猪又开始发力，别着猪后腿的二黑有些别不住了，"没有杀过猪，昨晚上灌了几口麻栗果（自烤酒），你吹什么牛！快点儿！"

老岩："……"

"使点儿大劲，千万杀准一点儿！"黑顺匍匐在猪身上传授着有关杀猪的经验，猪又开始挣扎，他有些不耐烦。

发顺揪紧猪耳朵好让老岩的左手端起猪头。发顺媳妇也端着接猪血的盆，盆里放了少许的水和盐。"那我就杀了！"老岩在地上搓了搓破拖鞋的底，双脚踩实，握紧刀把。

猪开始奋命挣扎："呜呜呜……"嘴被捆牢，头被端在老岩的左手上。"那我杀了！"托在手上的猪头挣扎得越来越厉害。

"废话多！你倒是快杀呀，按不住了！"二黑别住猪后腿的手有些疲软。猪在发力做最后的奋命一搏。

发顺说："杀准点儿，我家没存款。"（南高原的传统，有经验的杀猪匠能一次性放空猪心室的血。如果心室的血放不空，吉利的说法是，腹心血越多，主人的存款越多。）

"等等，先用刀背敲三下前蹄再杀。"黑顺急忙阻止着，还有工序没做完。

蓄力待杀的老岩收回力气，照做。黑顺的话是不可违抗的权威，至少在杀猪上，是这样的。案桌上的猪挣扎得越来越激烈，这是垂死的挣扎。焦瘦的黑顺几乎全身的重量都压在猪的身上。

老岩的第一敲，猪看见尖利的屠刀，挣扎。

老岩的第二敲，猪看见老岩紧握的刀把，全力挣扎。

老岩的第三敲，还没来得及落下，猪还在奋命挣扎。

是的，最终第三下没落下，因为腐朽失修的案桌率先散架，案板、猪，以及俯在猪身上的黑顺落在二黑的脚背上。

的确有些意料之外。"砰！""啊——"这是案板落在二黑脚背上以及二黑吃痛的声音，前者带着腐气，后者带着戾气。

二黑受痛而放开别住的猪后腿。这是猪的机会，猪健壮有力的后腿接地反弹而起。"嗷嗷嗷！""啊啊啊！"猪叫，人喊，惊慌失措，人比猪还要惊慌。因为压在猪背上的黑顺跟着案板落下，又被惊慌的猪驮起。黑顺在猪背上，越惊慌，反而越抓紧猪鬃。因身载负荷，猪急切想要甩脱，所以它"嗷嗷"，挣断了前蹄的捆绑，弹地而起后又跃身疾行。疾行的距离很短，止于院墙。猪急停，黑顺这把老骨头在惯性和重力的双重作用下，摔在地上。"砰！"尘土飞扬。

猪"嗷嗷"，红着眼，在院墙下扛着脖子，呼呼喘气地刨着蹄。

"哎哟哟，哎哟哟！"蜷在地上的黑顺揉搓着纤细干巴的小脚杆："哎哟哟，手疼！"转而又拍了拍头顶上的尘土，"哎哟哟，好像是屁股疼，不，腰杆也疼。"

黑顺的这种疼法多少有些不够具体，像是锈迹斑斑的老部件坠落而抖落下来的些许锈迹，只不过锈迹之中包裹的是一副老骨头。或者这种疼法在于一个精于一刀毙命的老屠夫在案桌上放跑了一头猪，这种疼法叫作失魄，也可以叫作一个屠夫的晚节不保。

"哎哟哟，哎哟哟！"黑顺仍旧蜷在地上，想等人来将他搀扶起来。他将这个视作台阶，杀猪匠最后的稻草。尽管他完全可以自己起来，尽管不会有人去扶他。

受伤最严重的是二黑，上百斤的重量砸在脚背上。不过他的疼痛不像黑顺那样广泛，就是单纯地脚受伤了，脚疼。抱着开始发肿的脚一点点挪坐在客台上，两只手紧紧捏住脚杆子，不让血液往患处淌。这种砸伤，起初的疼痛在于麻木，是疼过极限以后的一种自我保护。发顺一言不发,咬着牙。发顺媳妇想去管他,又不敢。

自家杀猪,不但猪没杀死,还伤了人。发顺自然火冒三丈。匹夫之怒是最为廉价的,发顺即匹夫,对现实最无力的那种,所以他掀翻了屋内的桌子。

"黑顺大爹,你有经验,接下来咋整?猪都放脱了。"发顺阿谀。

此时的猪在院墙角,喘息着,红着眼,瞪着人,一并还有鸡飞狗吠。这头猪是在跟人示威,或者在想亡命之法,反正红眼的猪即是兽类,不再是家畜。

"现在可不好办了,案桌散了,按猪的人也受伤了。"被玉旺搀扶起来的黑顺坐在客台上"咕噜噜"。

"都怪老岩,都说要用刀背敲三下猪蹄才可以杀。年轻的后生啊,气盛!"这是黑顺即时总结出来的失败原因,第一是推卸,第二还是推卸。他是方圆十里最好的杀猪匠。

老岩蹲着一言不发,双手捏着受伤的脚,痛且失神。他没想到一头猪求生的时候所爆发出来的力量是那么猛烈。他一言不发,蹲着,像个过失杀人的悔罪者。尽管他杀的是猪,尽管他杀的猪现在还活蹦乱跳的。

发顺急速升起的怒气也急速退去,显然,他不具备将积蓄的怒气转化为勇气的能力。他不得不再走到黑顺跟前阿谀:"黑顺大爹,你经验丰富,你肯定有办法把这畜生杀掉!"

"办法也不是没有,就是腰杆有些疼!"黑顺唏嘘着,用有点儿疼的手掌扶着全无大碍的瘦腰杆。

"黑顺大爹,这样吧!先把猪杀了,你提着猪腰子回去补一补腰杆。"发顺赔着笑脸。

"杀是可以杀,就是没人按猪。匹子猪架子大,瘦肉多,力气最大。"黑顺关于猪腰子的目的达成,但是还另有盘算。

"猪下水你提着回去吧！我家不吃！"发顺再说。

"要不，在村里再请几个人帮忙按猪吧？"玉旺怯怯地说道。

"一边去，男人的事女人别插嘴！"发顺瞪了玉旺一眼，"多请一个人来按猪，就得多一张嘴。"唯有玉旺还悸于发顺的余威，退去。发顺的盘算丝毫不顾及一旁的二黑和老岩。二黑和老岩心不在焉，反正认了死理——今天待在发顺家有肉吃。

杀猪的中途歇了半个小时，现在又继续。二黑的脚受伤了，没法参加杀猪了。他疼得没有人样，因而没有坐相地瘫在客台上，脚背发肿，不过没有伤及骨头。在玉旺打来半盏劣质白酒之后，他开始自顾自地揉脚。老岩打趣："二黑，不杀猪你还待在这儿干吗？回去吧！"

二黑咧着嘴："我要等着吃肉。"

发顺道："不给！"

老岩借机附和："对，不给你吃。"

二黑极力反驳："就是等着吃。"

三个人建立在互相需要的基础上的友谊从未牢靠。

"叫什么叫！"黑顺结束了这无聊的叫战。

他们开始在狭小的院子里赶着饱含斗志的猪。风一吹，把大门吹开了，大门打开倒是一个亡命的大好时机，猪又开始奋命冲锋，首先朝着黑顺的方向，这次猪奔得更快，黑顺来不及避让，疾奔的猪钻胯而过，黑顺这把老骨头再次被驮在猪背上，他再次被带出，"砰！"又摔下。

人"咿咿呀呀"，猪"嗷嗷哇哇"，冲过黑顺的猪往敞开的大门冲去。正巧，书记李发康路过。"书记吆住他！"猪从李发康的身旁跑出，李发康往发顺家院子里走去，"发顺你这是干啥呢？"李发康来的本意是来察看猪的生长情况的，此时猪已跑远。

"我的年猪啊！跑了。"发顺往门口跑，追猪。准备对他严厉说教的李发康在院子里黑着脸。

三

村子很小，猪跑起来的样子一点儿都不好看。

可两种情形加在一起，就成了全村的一道风景。像是一场闹剧，哦！不，是一场啼笑皆非的喜剧。

"看，奔跑中的猪和发顺是多么滑稽可笑。"作为观众的村民中有人道出实情。

可不会有人向发顺伸出援手，绝不会有。发顺从十几岁开始至今，不知从何处学来的好吃懒做以及小偷小摸早已耗尽了村里人的最后耐性。偷东家的鸡鸭、撒西家的鱼塘、欺负北家的孩子、放火烧南家的菜园子、逗这家的狗、扔那家的猫，勿以恶小而为之，发顺却用了三十多年时间将这些小恶做绝，做到极致，所以发顺是将众怒惹到极致的人。帮他很容易，不帮他也很容易，人之常情。村子很小，村民也很少，大家一致对外。很显然，发顺被见外了。

猪跑起来的时候，四只蹄子前跃后刨，其间伴随着一个抖动的过程。肥猪抖膘，而瘦猪抖着松垮垮的肚皮和耳朵。从发顺家死里逃生的猪贯穿村庄土道，"嗷嗷嗷"地向西逃命，发顺跟在后边气喘吁吁地追。猪逃命途经村庄绝大部分人家的门口，村民纷纷掩住大门，顺着门缝往外瞧。猪在前面跑，跟在后面的发顺有些跌跌撞撞，边追边喷着唾沫星子："坏蛋，坏蛋！"

骂猪，也像在骂人。可是猪不回头，"嗷嗷嗷"地向前跑。

发顺力不从心地追，边跑边嚷："坏蛋，坏蛋！"

门缝后有人嘲笑："哈哈，发顺家的猪疯了！"不过发顺听不到。此时这条村庄土道中充斥着猪的"嗷嗷"叫声、发顺的叫骂声，以及猪在逃命的过程中所卷起的尘土，还有少量的猪粪。

不一会儿，猪逃命奔西的路到了尽头。村西边是个截断的土崖，懂得逃生的猪不笨，所以它掉头往回跑，可往回跑的路被追来的发顺截住。

人与猪在土道上对峙。"哟哟哟！你倒是再跑啊！你个杂种。"截住猪的发顺嚷嚷着，灰头土脸，气喘吁吁。猪"嗷嗷"，向着土道的侧边往回冲，被发顺一脚蹬在拱嘴上堵回。猪"嗷嗷"，后退一截与发顺保持安全距离，前蹄刨地，"嗷嗷嗷！"挑战发顺最后一点儿耐性。还是唾沫星子飞溅着，发顺臭骂的语言和唾沫星子一样散乱以及不卫生。发顺沉不住气了，弯腰抓起路边的石头和土块儿朝着猪所在的方向砸："我今天把你砸死在这里！"大石头搬不动，小石头砸不准，土块儿一扔就碎，发顺徒劳无功，累得够呛。作为一个人，在一头猪这儿屡屡挫败，用气急败坏形容发顺的现状再好不过。现在的情形似乎比自家院里还要糟糕，一人一猪的狭路相逢，猪是无畏的勇者。"莫非，这猪成精了，还是疯了？"发顺打量着，胆怯起来，发顺想求得支援。

"老岩、二黑、玉旺，都哪儿去了？还不快来跟我一起把这杂种撵回去！"村子不大，但是发顺的叫喊声很大，往外喷着沫子。即使发顺不叫，玉旺、老岩和李发康也正在赶来的路上。

"这几个人怎么还不来帮我！"发顺再一次叫骂，在叫骂声传出的同时，发顺手中的一块石头冲向猪。叫骂声传进了猪耳，石头在猪的一侧空空落下。事与愿违，这反而又使得原本紧张的猪再次受到了惊吓。所以猪再次抬起头朝着发顺截住的方向冲锋，受惊的猪此时多了一些莽撞，像炮弹一样向着发顺射过来，无畏于前方有什么阻挡。

"啊！"吃痛声先于叫骂声脱口而出。发顺被射过来的猪头一撞，又被猪拱嘴向上一挑。"砰！"没有任何悬念，发顺被掀翻在地。

"猪真的疯了，疯了！"发顺痛喊。撞翻发顺的猪没有停留，径直往回跑。发顺也迅速爬起，顾不上拍一拍身上的尘土，竭力跟在猪后边追。得快点儿结束这一场人与猪的追逐了，这场闹剧吸引了几乎全村的人成为观众。隔岸观火的快感在于能看到发顺灰头土脸。

"猪疯了！肯定是。"人们议论，"还没有见过猪疯了呢！""那你今天好好看看。"猪还在前头"嗷嗷"疯跑，发顺跟着追。

"猪疯了？不会吧！"正在赶来的玉旺、黑顺和李发康一行人听到发顺的叫喊，加快脚步。

"嗷嗷"逃命的猪再次奔回村中央，这里是个十字路口，猪停了片刻。南边路口由玉旺赶来堵上，西边有气急败坏的发顺追上来。猪要立即决断逃亡方向，因为李发康和黑顺正悄悄往另外两个放空的路口走，准备堵住最后的希望。

南边路口，玉旺结结巴巴地吆猪："哟哟，啰啰，来来！啰啰，哟哟，来来来！"这种百试百灵的吆猪号子在今天宣布失效。地上无食，人慌张，这头猪在生死边缘安装了逃亡之心。

猪扭头，开始朝着北边的路口奔袭。

堵向北边路口的人正是已经被猪掀翻两次的黑顺，黑顺自然清楚此猪的厉害，不敢再靠近像炮弹般射过来的猪。李发康喊："堵住它，堵住它！"黑顺战战兢兢地靠在一侧的墙上："让它跑，让它跑，跑死它！"追猪的发顺也赶到这里。"喂！黑顺，堵住它！"发顺再次强力补充，"喂！堵住它，那边是林子，猪窜进去就难撑了！"

形势所迫，黑顺无奈，伸手追向往北奔出两三米的猪。之后，黑顺揪住了猪尾巴，然后猪再次将干巴的黑顺拖行在地上。尾巴负载黑顺的猪奔跑受限，停了下来。猪掉过头来看向揪着尾巴的黑顺，黑顺也看着猪。又是人与猪的对峙，黑顺率先败下阵来，黑顺松开手里揪住的尾巴，双腿微软向下曲。"这猪的眼神怎么那么像一个红眼愤怒的人？"黑顺这么想的时候，猪"嗷嗷"张大拱嘴向着黑顺扑过来。"啊啊啊，咿呀！"黑顺即将成为历史上第一个葬生猪口之人，而且黑顺还是个杀猪匠。可是扑上来的猪嘴并没有在黑顺身上咬合。"嗷嗷"扑过来的猪喷了黑顺一头一脸的腥臭沫子,黑顺蔫了,猪继续向北逃命。

李发康赶来,拉起黑顺问:"猪、猪呢?"

黑顺心有余悸地回答:"成精了,跑了。"李发康赶紧追上去。

发顺也到达,问:"我的猪呢?"

黑顺拉了个呻吟的长调:"成精了——"

发顺紧跟着李发康追了上去。心有余悸的黑顺继续留在路口,两条干巴纤细的小腿打着战,瘫坐着嘟囔:"再也不碰这猪了!给十个腰子也不干。"玉旺欲要扶起瘫坐地上的黑顺,黑顺有气无力:"让我缓一缓!"

"你家那猪成精了,你信吗?"黑顺自言自语。

"信!"玉旺回答。

"听过牛马成灵,麂子马鹿成仙,大象狗熊成圣,猫狗成神,就从没听过猪也成精的!"黑顺疑惑地自言自语。

"猪仙人!"玉旺自言自语。

村子北边是森林,森林的最外围是退耕还林后村民栽下的松树林,往深处走,就是自然林。植被茂盛的自然林在缴枪禁猎禁伐之后,也只有在雨季采集山野的时候才会有村民涉足。此时猪已经逃出村子窜进了树林。李发康这个不擅运动的干部在松林里跑岔了气,叉着腰呼呼大喘。发顺很快就在松树林中追上李发康,发顺丧气,灰头土脸,二人在林中呼呼大喘。喘得差不多了,憋着的话从嘴里涌出来。发顺说:"书记,你说这叫花子猪咋这么能跑啊?太野了,杀都杀不了,按不住。"

李发康仍大口喘着:"匹子猪嘛!架子又大,皮肉又紧。"

李发康回过神来:"不是,你要杀猪?你要杀猪?谁给你的胆子,你要杀猪?"

李发康厉声,发顺即软,怯懦地说:"这不是马上就要过年了嘛!杀头猪吃肉解馋,下酒。"

李发康怒道:"什么?我问你为什么要杀猪?你为什么要杀了它当年猪?"

李发康再怒:"发顺,这是我辛辛苦苦申请来的扶贫项目,给你们建档立卡户发母猪种,是让你们养母猪生猪崽过好日子的!还想杀年猪,母猪种什么价格你没数吗?"

"公猪,母猪,还有什么种猪还不是一样,都是猪嘛。"发顺唯唯诺诺地辩驳。

李发康有些怒不可遏,将发顺一把推倒,又毫无间隙地揪着发顺脏兮兮的衣领提起来,喷着唾沫说道:"不要说话,听我说。"李发康叫停发顺的反驳,呼吸还没有缓过来。

林外有人言:"发顺今天给李发康吃火药了。"林外有人,可谁也不敢进林中,林中是一摊浑水。

谁也记不清林中传出多少句争吵,当争吵不再传出来,就无趣了,林外的人各自散去。林中,在怒火三丈的李发康旁边的发顺本来就灰头土脸,他现在灰溜溜地夹着尾巴。待到二人差不多都平复下来之后,发顺道:"李书记,那要咋办啊?猪都进林子了。"李发康在发顺一激之下,火又起来:"咋办,凉拌啊!"

"进林子去把猪找到,撵回来!"李发康平复怒气后,他好像又习惯了发顺这种无赖式的漫不经心。

猪穿过松林的痕迹还在,二人顺着痕迹穿过松林,往更加茂密的自然林深处钻。植被茂密的自然林里,二人很快就失去了猪逃命的痕迹。南方高原的原始森林里,头上是遮天蔽日的巨大树冠,底下是低矮而茂盛的灌木。无迹可寻后,找猪的二人自然也无处可找、无计可施。

起伏的群山和茂密的森林,二人此时所在的位置是山谷,山谷里容易形成回音。

发顺耳朵最尖。"李书记你听,有猪'嗷嗷'叫!"李发康细听,果然有猪在"嗷嗷"叫。

"猪在哪里'嗷嗷'叫?"

"我也不知道猪在哪里'嗷嗷'叫!"

"猪真的在'嗷嗷'叫。"

"我也知道猪在'嗷嗷'叫!"

闻其声,而不见其影,这是一个有方向而没有去向的僵局。

猪确定是在"嗷嗷"叫,可是二人不知道往哪个方向去找。猪真的在"嗷嗷"叫,回声良好的山谷,猪"嗷嗷"的叫声来自四面八方。

四

猪"嗷嗷"叫的声音真的一点儿都不好听。尤其在无人迹的寂静山中,你能听到自己的心"怦怦"跳,"嗷嗷"的猪叫仿佛在为你的心跳敲着锣打着鼓。

找猪的二人在林中漫无目标地游走,听得见猪叫,但二人都知道觅音寻猪这个办法不可靠。二人话很少,无从下手、无计可施的李发康在前面走,此时灰溜溜的发顺是他的随从。不断传来的"嗷嗷"叫声加重着二人各自的烦躁,就丢猪这一事件而言,二人各有烦恼:发顺短浅,但也知道自家丢了一头猪,不是死了,是跑丢了;李发康深远,他更加知道此猪对于扶贫攻坚工作的重要,丢猪事小,领导下来视察的时候没有猪,事大。他早有听闻,县里的领导过不了多久就要下来实地考察验收扶贫工作的进展和成果。

李发康看看身后灰溜溜的发顺,心中存疑,是不是有些拔苗助长了?想了想,即刻否定。发顺是短板,短得像一艘随时可以沉没的破船,不过终还是要将其补回来。李发康顿生同情,觉得自己和发顺同病相怜。一个是破船,一个是补船的,二者兼备,破船也要扬帆。

山里的天黑得早,找猪的二人决定返回村庄,再从长计议。

"唉！"二人长叹。从林中往回赶。

返程中，林子深处"嗷嗷"的猪叫声又传来，发顺和李发康相互确认不是虚幻，不过二人已经听得厌烦。他们并不指望从声音中分析出什么，比如，窜进森林深处的猪，上半天还是案板上待宰的家畜，下半天就在林中率领着一整个野猪群"嗷嗷"叫。

暮色在山中迅速笼罩，基本上等同于太阳从山尖埋头山根的速度。势单力薄的人们不敢在山中逗留，那些昼伏夜出的生物的任何响动都会被人误以为鬼在风中叫。

入夜，发顺家中，火塘旁。虽猪已逃命山野，肉荤也没能碰上，老岩和二黑依然赖在发顺家中不肯走。这里的赖，指的是老岩和二黑这两个一人吃饱全家不饿的孤家寡人，要把晚饭的希望寄托在玉旺这个善良无二的女人身上。一天中被同一只猪掀翻三次的杀猪匠黑顺也没走，本着出门不走空的原则，他等着吃顿饭。一张瘦小干巴的老脸蒙在水烟筒口"咕噜噜"地抽着。

发顺心中有火，但也得强压着。李发康和他一并坐在火塘边上，相互冷着脸。二十五瓦的白炽灯昏黄，沾满了黑乎乎的苍蝇粪便更加昏黄，灯头以上的电线挂满了残破的蜘蛛网。火塘里偶尔冒出的浓烟熏得人睁不开眼。灯黄火亮，每一个人的脸都很黑。来者即是客，况且还有李发康。发顺理所应当表现出主人的热情与担当，冷冷地有气无力地说："婆娘，整点儿饭吃嘛！都干巴巴地坐着，饿着。"

李发康冷着脸，不过仍故作客套："不用了，不用了！我坐会儿，回家吃去。"在山中追了半天猪，李发康饿了。

黑黢黢的铁锅架在同样黑黢黢的铁三脚架上，玉旺往锅里加水。发顺抱着二郎腿组织着希望对答如流的语言，因为他知道今晚必有一顿李发康的说服与教育，尽管李发康数次的说服与教育都没能将他改变。发顺不是顽固分子，只不过是劣质的狗皮膏药，越扯越黏，发挥不出任何功效。不过一旁的李发康却组织不出来任何用来教育发顺的语言，脱贫攻坚的口号喊大了，发顺听腻了；政策讲细了，又有些烦琐晦涩了。发顺这个重点扶贫挂钩对象早已耗尽了李发康的耐心。爱谁谁了！烂泥扶不上墙，但要扶的对象是个人，烂泥一样散漫的人。说不扶，但不可不扶。只希望发顺这块狗皮膏药在越扯越黏的时候，再给他一股劲，黏在墙上。

"发顺，猪跑了，咋办啊？你说说你怎么打算的？"李发康放下紧绷着的脸。

发顺回道："不知道！发康哥，我也不知道咋办！"

"停停停，别叫我哥。我担待不起。"

"跑了，就跑了！那匹子猪没准儿过几天就死在山上了！"

发顺绝对是李发康的冤家，再一次精准地激到李发康，李发康强压怒火，说："去找找吧！明天去山上找找吧！找到了就撵回来继续养。"

发顺说："书记，说真的，别找了！丢了就丢了，我不心疼。"

李发康又怒了："你不心疼，我心疼！我千辛万苦找来的扶贫项目，你们说杀就杀？谁给的胆子？"

"猪是国家的，哥……不……书记，你别生气，气大伤身。"

李发康大怒，前俯后仰，差点儿没一头栽到火塘上。他右手高高抬起，却无桌子可拍，往下"啪"一声拍在左手上，"发顺，明天去把猪给我找回来，过些天县委领导要下来检查工作，别出岔子。"

发顺蔫了下去不敢再搭话，李发康把矛头对准了黑顺、老岩和二黑："你们仨明天也跟着去找。"

黑顺一听便不干了，水烟筒里伸出嘴巴："凭啥呀？他家的猪跑了凭啥我也要去找啊！我只是个杀猪的。"

"你不来杀，猪会跑了吗？明天去找猪，不然明年的低保别想要了!"李发康严词驳斥,加以低保这个并不存在的威胁。低保是黑顺的命根。

老岩和二黑倒是漫不经心的,他们此时只关心锅里已经滚开的面条,不断往火塘里添柴火。今天院里杀猪,明天山上找猪,日子对于他俩而言只不过是换种方式虚度。老岩和二黑也是建档立卡户,只不过考虑他们俩都是孤家寡人,所以没给他俩发母猪。

有人统计,在这个世上,坏消息的传播速度和广度是好消息的一百倍。议论纷纷是一种乐趣,隔岸观火也是。丢猪的次日,那只逃命于山野之猪被重新定义名字——"建档立卡猪"。猪只是一个广泛的概念,而加了建档立卡这个前缀后,一头猪的身份就有了精确的辨识。"昨天有胆大的人杀建档立卡猪啦!""发顺家把建档立卡猪杀了!"有人以讹传讹:"建档立卡猪把人杀了。"正当关于这只建档立卡猪的新闻被众人议论纷纷的时候,发顺和李发康一行找猪的人已经在山中。他们还不知道乡野之间从芝麻到西瓜的议论,只是在山中寻摸着到达猪最后失去踪迹的位置。

"这么大的山里找一头猪,怎么找啊!"才走了小半天的山路,黑顺这个小老头儿就累得不行了。

"怎么找?用眼睛、鼻子、耳朵、嘴巴找!"喘得最厉害的李发康上气不接下气地驳道,他也没有任何办法。上山之前又接到县委的电话,县委领导下来检查工作的日子提前了很多天,绝不能出任何岔子,这是死命令。

"你去这边,你去那边,他去那边。"气喘吁吁的李发康不耐烦地挥手随意指点了几个方向,几个人分头行动。

还是那千篇一律、百试百灵的吆猪号子:"哟哟,啰啰,来来!啰啰,哟哟,来来来!"尽管这号子已对此猪不奏效,几个人仍旧嘬着嘴撇着声朝着各个方向走开。

一天下来还是寻不见猪的踪迹,几个人累得够呛,第一天潦草返程。路上,身后的丛林深处又传出"嗷嗷"的猪叫。

发顺问:"你们听见猪叫了吗?"

李发康说:"记下位置,明天再找。"

黑顺提醒道:"不对,你们听,不止一头猪在叫。"

接下来的几日,几个人顺着声音继续往深处找。唯一的发现就是地上有猪遗留下来的粪便,可以肯定,不止一头猪。不过仍没有寻见猪的身影。

黑顺有扰乱军心之嫌,他说:"别找啦!都是野猪的粪,可能那头家猪已经被野猪咬死了!"李发康狠狠地瞪了他一眼,黑顺不敢再言,尽管李发康也这么认为。

几个人已经受够了找猪的生活,生活绝不止找猪这一件事,可是目前找猪是重中之重的大事。李发康的烦恼是其他人不能理解的,这是他的想法。领导下来的日子越来越近,可是这猪迟迟不见踪影。这时李发康又接到县委的电话通知:"县委领导以及部分市委领导将于三天后到该村实地检查扶贫攻坚工作的进展和成果。"放下电话的李发康心急火燎,领导要来了,可是重点挂钩扶贫对象的猪却跑了。对于他这种扎根基层的干部而言,这绝对是一件大事,事关他在领导眼中的形象,而这猪,就是他的工作态度。可再看看一同找猪的这几个人:发顺倚在树根上没个正形,黑顺瘫坐在地上抽烟,老岩和二黑略好,在前头开路,不过心不在焉。

李发康气不打一处来,虽然他也毫无办法。李发康再次把火撒向几个人:"你们四个,如果你们不杀猪,今天大家也不会在这里找猪!"

越找,几个人越垂头丧气。越是垂头丧气的时候,林中越是有"嗷嗷"的猪叫声传来。这是对于几个将败之人的挑衅,李发康指挥着:"顺着声音分头找,找到以后包抄。"这是一成不变的战术,每听到猪

"嗷嗷"叫，几个人就循着声音往林子深处奔跑，每一次都徒劳放空。如此这般，打了鸡血奔跑的人被失望之棒当头一喝。重复性徒劳无功的劳动掏空的是心力，闻其声不见其影，是心力的煎熬。宁信山中有鬼，不信山中有猪，终耗尽大家找猪的最后一丝愿望。累死啦！包括李发康在内。

歇一会儿吧！都找了几天了。几个人没有坐姿，没有睡姿，瘫在地上。李发康也这样，找猪的几个人都一样，一样的愁眉不展，一样的气喘吁吁，一样的灰头土脸。

黑顺这个小老头儿最先受不住了："李书记！我真的受不了了！再折腾的话，我这把老骨头就要扔在山上了。"黑顺说的是实话，老，是经不住消耗的。"书记，低保我不要了，猪我也不找了！"这是黑顺最后的妥协。

李发康气喘吁吁，不想搭话。

老岩和二黑异口同声："不找了，不找了，爱怎样就怎样吧！"他俩也受不了了，宣布罢工。

李发康长叹："其实最不想找的是我，只是这建档立卡猪丢不得啊！过几天领导就要下来检查工作了，猪丢了应付不了！"李发康对几人讲出心声。

几个人讶然，沉默。

三分钟后，发顺说："书记，原来是这样啊！不找猪了，应付检查的事情重新想办法……"发顺在李发康耳边私语。

似乎有了台阶，李发康妥协："那好吧！你负责这事，我回去取钱给你！不找了，不找了，猪都丢了好几天了，没准儿饿死在山上了！"

再返程，身后的林子深处仍然有"嗷嗷"的猪叫声传出来。几个人累了、烦了、恼了，他们就听不见了。

五

猪是没有表情的，千篇一律的耳朵和拱嘴，使得普遍人的观念里所有的猪都只有一个共同的名字——猪。

物竞天择是一种富有进步性的规律。人于猪而言，人的能动性略强于猪，所以猪就成了被人驯养的家畜。猪"嗷嗷"叫的原因不外乎饿了、又饿了、要死了这几种，因而，不到饭点的村庄响起来的"嗷嗷"猪叫声属于外来户。发顺赶着一头猪回来的时候，距离他上次追着猪贯穿村庄已过去数日。

再次回到最开始对猪的描述：猪不大，长了架子还没有结膘。猪走路的时候一点儿都不好看，尤其下坡的时候，像醉汉划拳……猪在前面走，发顺挥着一根紫茎藤兰的秆跟在后面，嫁鸡随鸡的玉旺跟在发顺后面。此猪显然已经被驯服过度，和后边跟着的人一样，气喘吁吁。

穿村而过的土道上，发顺欲弄出一些响动出来，所以他挥下一鞭抽在猪屁股上。

猪"嗷嗷"，向前一段小跑。发顺再抽，猪"嗷嗷"。

"够啦！"玉旺阻止。发顺再抽，猪再"嗷嗷"。

显然，让猪"嗷嗷"叫着穿过村子是发顺想要达到的效果，因为李发康骑着摩托车在后边跟着，这也是李发康想要的效果。

村子中央，老岩、二黑和黑顺三个人在懒洋洋地晒着太阳。远远看到发顺赶着猪回来，三个人远远地就想撤走。几日前发顺的猪对于三个人而言是肉荤，现在就是祸水。对发顺和他的猪敬而远之，是最明智之举，也才像这三个人应有的做法。

"你们仨别走，给老子站着！"发顺喊住他们，赶着"嗷嗷"叫的猪过来。

黑顺说："回家收衣服，要下雨了！"晴空万里，构不成逃开的理由，发顺和他的猪已经来到跟前。

发顺喊："猪已经找到了！"这话并不是讲给这三个人听的，所以发顺大声阔嗓地将消息在村中炸开。

老岩和二黑异口同声:"哇呀呀!在哪里找到的?"

发顺回:"在后山的野芭蕉林里面找到的!"声音继续炸。

老岩说:"过几天再杀的时候,一定要多请几个人来。"

发顺拍了一下老岩的头:"糊涂!建档立卡猪是留着怀崽下猪的,建档立卡猪是国家为了扶持建档立卡户脱贫的重要举措……"发顺的声音继续在村中炸开,像复读机,不,像村中宣扬政策的高音喇叭。是发顺突然觉悟了吗?是李发康跟在后头。

黑顺说:"别瞎说!白猪进了一趟山就变成花腰猪了?"黑顺看出了端倪,黑顺是杀猪的。

发顺回道:"别废话!"

逃命山野的猪找回来的消息传达完毕,发顺和玉旺赶着猪回家。留下三个人继续懒洋洋地晒太阳,继续懒洋洋地侃。

"黑顺,这猪真的不是跑进林子里的那只?"

"肯定不是嘛!品种都不同!"

"那发顺哪儿来的钱买猪?他这是要干啥?"

李发康骑着摩托从三个人的身边疾驰而过,扑了他们一脸尘土,他们的议论止于中途,低声谩骂:"骑个摩托了不起!"李发康骑着摩托车拐了个弯进了发顺家。

发顺家再传出猪"嗷嗷"的叫声,发顺揪着猪耳朵,李发康拿着打孔器,两个人在院子里又跟猪搅作一团。此猪换彼猪的主意出自发顺,而落实自李发康,假戏做成真戏。借来的打孔器要在赶回来的猪耳朵上打孔,戴上建档立卡猪特有的标识耳牌。而这标识耳牌是杀建档立卡猪的时候发顺从猪耳朵上扯下来扔在院子里的。打孔戴牌比杀猪容易,两个人很快就在猪耳朵上装好了标识牌,把猪放回猪圈里。

李发康嘱咐:"明天领导下来检查工作你知道怎么说,不要大口马牙地乱嚼。"

李发康继续威逼或是利诱:"这次检查应付了,这猪你继续养,给你了。出了岔子谁都不好受!"

失而复得的发顺自然高兴,龇着牙咧着嘴:"李书记你放心吧!你交代的话我都快背得了!支持扶贫干部的工作是贫困户的义务和责任,坚决摘掉贫困的帽子是每个建档立卡户应持有的想法和态度……"

"不要在这儿给我耍贫嘴,明天去领导面前耍去。"说完,李发康骑上摩托车离开,为明天迎检做其他准备。此猪换彼猪的确是个好办法,李发康悬着的心得以放下。

绝无鹊巢鸠占之嫌,此猪本就是为了填补空窝而来的。猪圈里,刚进新家的猪卸下一路奔走的躁动后,在猪圈一角挪了一个窝躺下。耳朵上刚打下的孔血流不止,耳朵没有过多的神经,微疼。只不过耳朵上戴了一块身份标识牌,猪一直"扑棱"着耳朵。猪有灵敏的嗅觉,毕竟标识牌是别的猪的,还有别的猪的气味。

看着李发康走远,发顺把视线转向玉旺身上。猪失而复得确实能让发顺欣喜。发顺拉过玉旺的手,久违地。玉旺猛地缩回,发顺继续拉过来:"媳妇啊!特困户的帽子好啊!上头照顾咱照顾得这么周到。"发顺点了根烟叼着,摇晃着小脑袋盘算着:"这顶帽子可千万别被摘掉。"

玉旺并不懂发顺口中所谓的帽子是什么意思,咿呀着从发顺手中挣脱。又有猪可喂了,玉旺要去砍芭蕉喂猪。

六

大概很少有人知道,猪最优美的举止是进食。

拱嘴寻着地,"呼哧呼哧"大口进食。无论是在猪食槽中还是就地而食,猪都能保证吃个精光。灵活有力的舌头伸出,舌苔上众多的凸起不会放过任何食物的残渣,一一舔舐干净。这里的美,指的是猪一点儿都不浪费,也指的是猪圆滚滚的肚皮是一种美。

迎检当天清晨,发顺想起李发康的嘱咐:"多喂猪一些芭蕉,少喂谷糠!"最大限度地呈现猪圆滚滚的肚皮,也是一种政绩。

发顺向喂猪的玉旺歧义转达:"多喂些芭蕉,多喂些谷糠。"

玉旺弱弱地嘟囔:"谷糠吃多了撑!"

发顺无暇细听:"废话多,破事多!李书记叫怎么做,我们就怎么做!"

玉旺低下头继续"咔咔"剁芭蕉。

村子远,山路弯。零落不整的石块儿和星罗棋布的坑坑洼洼,以及大面积积蓄的尘土霸占了整个路面。轿车行驶在山路上的样子像猪走路,犹犹豫豫,前俯后仰,左摇右摆。前一辆车卷起尘土,后一辆钻进尘土,最后一辆被覆满尘土。

可算是即将抵达,车在山路上蹦跶。蹦跶最高的是李发康,他骑着摩托车在前头带路。跟在后边蹦跶的是轿车,村民没有级别概念,车上坐着的都是大官。

随着"咣当"一声,首车停在村口,"咣当"两声后,两辆跟车停在路边。路面上同一块凸起的石头令三辆车无一幸免。村子,已经到达。先头赶到的李发康把摩托车停在路边,挥手示意停车。车子所扬起的尘土,有的已经落下,有的正在落下,路面是厚厚的一层。车门打开,几双油光锃亮的皮鞋落入尘土中。走一步,尘土即覆住皮鞋的光泽。

李发康和村民小组长刘四咧着嘴挥手相迎,一旁散落着的还有老岩、二黑、黑顺和发顺,五个人的迎接队伍是李发康能组织和拿得出手的最高礼遇。尽管政令一再重申不搞排场,不过这也算不上排场,顶多是人气。

三辆车共下来六个人,不包括车上的司机。走在最前面黑瘦干练的干部是县委书记唐松,唐松两侧各拥一人,左边的是副县长王冬,右边的是乡党委书记兰正义。王冬挺着肚子背着手,兰正义鞠着身子跟唐松介绍情况。还有其余三个人,李发康没见过。县里的?市里的?管他哪里的!

兰正义说:"书记,到了,这个村子就是我县我乡最偏远的贫困村了!"

唐松有着从任何角度切入工作的本领:"一路上见识了!挺远挺偏的。不过越是这样的村庄越是不能放松我们的工作。"

"是是是,书记说得对!"通常而言,这是书记每一句话结束之后异口同声的回音。

兰正义引荐一旁随从的李发康:"唐书记,这就是这个村子的扶贫驻村干部李发康。"

唐松向李发康伸手,李发康欣喜相迎,结结巴巴:"书记好,书记好!"

唐松点点头表示会意:"辛苦你了,小李!"

李发康阿谀:"不辛苦,不辛苦,都是在为老百姓做事情、服务。书记比我们更辛苦!"

唐松仔细地瞅了李发康几眼:"我想起来了,五月份有一批用来给贫困户脱贫的母猪种就是你找我签发的!"

"对对对!书记那么忙还记得这种小事。"李发康继续阿谀,激动万分。

唐松问:"母猪种都给贫困户发下去了没?今天咱们就去看看这些猪的长势如何!"

李发康回道:"发下去了,长得挺好的,贫困户们也很高兴。"

"那个什么,王副你带着兰正义到村里四处转转,记得访问各个农户都缺什么、需要什么,我们能做什么。让小李给我们四个人介绍情况就行。"唐松亲自点将,"小李,你今天就带着我和这三位市里的专家四处看看!"

"好好好!"李发康回应着。原来其余三位李发康不认识的人是市里来的专家,李发康心里一个激灵。

村子很小,很适合检查工作。有什么突出的工作成果很容易看见,有什么工作中的不足和缺憾也会暴露无遗。为了避免后者情况的出现,李发康在临检之前就跟各家各户打过招呼,甚至给发顺家重新买了猪来顶替。现在还把发顺、老岩、黑顺几个扶贫工作的重难点作为随从带在身边,一方面是为了防止这几个人乱说话,另一方面就是这几个人始终是李发康心头的重患。走访各家各户是工作方式,进村入户访问谈心是工作方法。李发康的准备工作做得充实,所以一路上带着唐松入户调查时,唐松看到的是他想看到的,听到的是他想听到的。看到的和听到的都是唐松希望李发康交上的令他满意的答卷。

唐松勉励:"小李,做得很好!我们就需要你这样能吃苦能做事的干部,很好,给你一个口头表扬,继续努力。"

李发康客套:"唐书记过奖了,我只是做了自己应该做的!"

唐松说:"刚刚还说到五月份我给你签发过一批母猪种的,转悠了一圈都没看到。你带着我们去看看。"

李发康继续阿谀和客套:"书记真的有心了,心系下属和老百姓,这就带您去看看。这批猪分给了八户困难户,都养得挺好的,老百姓用心,猪的长势都不错,再过几个月就可以配种怀崽了。"村中共八户发母猪种的农户,七户集中在村东边,和发顺家隔得远远的。李发康引着唐松一行往村东边走,尽最大可能避开发顺家这个隐患。发顺、老岩和二黑几个人蓬头垢面地跟在最后边。唐松疑惑,指了指他们:"小李,这几个老乡不必跟着,让他们回去吧!"李发康自有客套好听的解释:"书记,这是发顺,这是老岩,他们都是村里脱贫攻坚的重点挂钩对象,让他们跟着学习学习,接受教育。"

发顺收到李发康的眼色:"是的,是的,我们是跟着学习的。"

唐松拍了拍李发康的肩膀以示器重:"哈哈!这村有你这样的驻村干部是福分,我县有你这样的干部我放心。"李发康激动万分:"还得跟唐书记学习,向您看齐!"唐松道:"相互学习,我多向你学习!"

见此,发顺揪了揪一旁的二黑和老岩的衣角:"向领导们学习!"几个参差不齐的口号在李发康又一个眼色中响起。排场有些激动,唐松挥手叫停:"不搞形式主义,不搞这些虚的。相互学习,领导干部多向人民群众学习,为人民服务。"

即使唐松一眼即明,这是李发康为迎检而提前准备的花哨,不过唐松秘而不宣——知而不言也是一种鼓励。

继续走,到农户家中去,各家各户都提前做好了热烈欢迎的准备——糖果、瓜子和茶水,热情招呼道:"领导您到家里坐会儿!"同时也准备好了对答如流的台词:"米饭管饱,不存在饥荒;猪肉吃腻,偶尔杀鸡;屋子修整,不漏雨也不进风。"再汇报猪的长势:"母猪种好养,不挑食,长肉快。"最后是感谢:"感谢政策,市上县上乡上,然后是李发康……"如此对答如流而大同小异的客套寒暄,让市里的三位畜牧专家听腻了:"那就带着我们去看看猪吧!再把猪拉出来,遛一遛,看一看。"

好吧,猪从猪圈里放了出来,在院子里"嗷嗷"叫。三位畜牧专家掏出手机:"猪耳朵揪过来,扫一扫。"建档立卡猪耳朵上戴着的标识牌上有条码,扫一扫,猪源、品种、用途,一应俱全。

先后进了七户农户家,重复地访问和重复性地得到大同小异的回答,这绝对不是此行想要的,不过是想要听到的。也重复性地扫了七头猪耳朵上的条码,数据规范,记录上表。三位专家也及时做出反馈:"养得好,喂得也好,不过要注意配种受孕的时候不能喂得太胖。"见专家都连连称好，唐松再拍拍李发康的肩连连称赞："好，好，小李干得不错。"顺便给予鼓励性质的暗示："等扶贫工作结束，人事不再冻结，县里会考虑给你换一个大舞台！""谢谢书记，谢谢！"李发康在心中狂喜。唐松幽默："别谢我，你要谢就谢这些猪，养得多好啊！"

　　李发康见检查总算是比较圆满地对付过去了，暗自庆幸。可三位畜牧专家说："那个书记，记录上显示这村有八头建档立卡猪，等看完最后一头，今天的工作就圆满结束了！"

　　唐松说："哦，还有一头。那小李再带我们去看看。"

　　提起最后一头猪，暗自庆幸中的李发康汗毛直起。此猪已逃命山野，带着三个畜牧专家去看一头赝品，李发康的心发慌，底气全无，想招拖延："书记，那个、那个现在都快到饭点了，要不咱们先吃饭吧！"

　　唐松说："饭就不在村里吃了，有规定。看完最后一头猪我们就回乡上吃工作餐。"

　　李发康仍在想方设法："哦！是啊！都到饭点了，你们都还饿着。要不我把那家的户主给您喊来当面汇报。"慌乱中故作姿态："来来，发顺！你来跟书记说说你家猪的长势咋样。"

　　又该发顺表演了，他结结巴巴地背台词："我家的猪吃得好、睡得好、长得……也好，关键是党和政府发的猪品种好。感谢政府，感谢政策……感谢书记！"

　　唐松打断："那个小李，你再带我们去他家看看，大家都辛苦了，再辛苦也要把工作落到实处。"

　　发顺还在背，虽然没人听。李发康揪了揪发顺的衣角："快别汇报了，去你家。"李发康冷冷地看了发顺一眼，心又悬了起来，希望可以糊弄过去吧！

　　唐松看出李发康的不对劲，问："怎么，小李，有什么困难吗？"

　　李发康现在已是惊弓之鸟，结巴着说："没没没，只是发顺家有些远。"

一行人往发顺家赶,这次是发顺在前,他是户主,在前带路,一行人在村道中穿行。还未到发顺家,先听到有哭声,一行人脚步加快。一贯没心没肺的老岩和二黑赶上前头的发顺:"怎么了?你婆娘哭得这么惨,你家死人了?"发顺黑着脸驳道:"你家才死人了!"

李发康也冷着脸说:"别废话,回去就知道了。"转回头冷脸转热说:"唐书记,就到了,就到。"

发顺家,为了迎检而拾掇一番后,破败之中能见到一丝整洁。院子里悬晒着一床黑黢黢的棉絮,棉絮下边是一个农家妇女抱头瘫地悲泣,"呜呜然,咿咿呀……"此人正是发顺的婆娘玉旺。有客登门,而家中有人在哭号,发顺自然不开心。发顺黑着脸上前伸出脚尖碰了碰瘫在地上哭号的玉旺:"咋个了吗?你哭什么?"发顺语气加重,喝道:"咋个了吗?不准哭!"弯腰拽起玉旺。

玉旺露出哭脸,抽噎着说:"猪,猪……那猪……不动了……死了……"

"啊!死婆娘,好好的猪怎么就死了!"发顺用力摇晃着抽泣的玉旺。

玉旺继续抽噎,颤抖着说:"不动了……就……死了……"

发顺愤而挥手,欲打玉旺。"死婆娘,喂个猪都喂不好!"手挥在半空被李发康制住。"发顺,你要干什么?再犯浑!"

作为旁观的唐松几个人在边上看着院里搅作一团,唐松厉声问:"小李,怎么回事?"

李发康吞吞吐吐地说:"她说,她家的猪……死了?"

唐松的脸转黑。"什么时候,怎么死的?猪在哪儿?让专家看看怎么死的!"唐松示意一旁的专家去看看情况。

几个人径直走向猪圈,留着发顺和玉旺两口子在院子里,发顺挠着头,玉旺继续抽噎。比房屋还要破败的猪圈里,猪躺在角落里。畜牧专家进猪圈当即断言:"这猪还没死嘛!"专家用手捅了捅猪,猪"哼哼"。"猪还没死嘛!"躺在地上的猪无视一旁的人,顶着圆滚滚的肚皮,睡着,不动,像死了。专家转身看向猪圈内干干净净的猪食槽:"今天都给猪喂了什么?"发顺在院子里有气无力地回答:"就是芭蕉和谷糠嘛。""那应该没事,就是这猪吃撑了!""早上喂了多少猪食?"发顺回答:"喂了不少呢,这猪能吃得很。"

猪没死,只是吃撑了不想动。猪圈外的李发康长舒一口气,教育发顺说:"以后一定要注意了,引以为戒,科学饲养。"

畜牧专家继续在猪身上比画打量,说:"不对,这猪有问题。"

李发康说:"有什么不对的,你扫一扫耳朵上的标识牌嘛,会有什么问题嘛!"

猪圈里的畜牧专家反驳道:"标识牌是对的,可这猪不对,品种不对,而且这头小母猪根本不是母猪种。"

李发康一副宁死不屈的样子,说道:"怎么可能嘛!会不会是……搞错了?"

专家有据有理道:"这猪是小耳种,跟建档立卡猪不是一个品种。"

被专家当场戳穿,李发康支支吾吾,无语应答。一直在旁观的唐松感觉被糊弄了,厉声喝道:"李发康,你给我过来!"

"怎么回事?"

"就是这猪,不是那个猪。"前言不搭后语。

"到底这猪是什么猪?"

"唐书记,就是这猪,它不是原来的猪。"

"那原来的猪呢?"

"原来的猪原来也在这圈里……后来不在了……这猪才来了。"

"原来的猪哪儿去了?"

"原来的猪丢了，找不到了！"发顺助攻，瘫在地上说。

"好好的猪怎么就丢了呢！"

"就是我们杀猪，猪挣逃，猪跑我们追，我们追猪跑，然后就丢了。"发顺再助攻。

"啊，你们杀猪，你们竟敢杀这猪？"唐松吃惊，"那猪呢，猪在哪里？"

"猪在山上。"

"猪怎么会在山上呢？"

"因为猪跑到了山上。"

唐松和李发康的对话，再加之发顺的助攻，一场杀猪、追猪、此猪换彼猪的闹剧呈现在人们面前。此时另一行人马，副县长王冬和乡党委书记兰正义闻声赶来。进门，唐松对李发康的批评教育立即转向了一脸疑惑的兰正义身上："小兰，这种弄虚作假的面子工程一定要严厉批评及时处理，该处分的处分，不能手软。"一脸疑惑的兰正义受到迎头呵责更加疑惑："唐书记，怎么了？出什么问题了吗？"唐松冷着脸厉声道："怎么回事？你问问这个好干部李发康吧！"李发康在一旁低着头。

唐松转身对低着头灰溜溜的李发康拍拍肩说："李发康同志，好自为之。"

"王副，看来这个脱贫攻坚的工作形势严峻得很啊！走，回县里。"

村口的车子再次启动，在山路上蹦跶而回。兰正义的车留守，他还要留下来处理问题，问题即指李发康。

还是发顺家中的院子，发顺冷着脸，李发康黑着脸，兰正义的脸更黑。玉旺不再抽泣，因为所有的人都绷着脸。老岩和二黑潜伏在门外，对于他们而言，门内的任何事都是热闹。

"发康，说说吧！怎么回事。"

"乡长，我也没办法啊！建档立卡猪丢了，为了迎检我才换猪的。"

"好端端的猪怎么就丢了呢?"

"发顺他们杀猪,猪挣脱了,跑进了山里。"

发顺抬起头说:"这个我可以证明,猪是我们杀的,跟发康没有关系。"

兰正义勃然大怒道:"闭嘴,没问你!"

发顺吃瘪,低下头继续挠头发,灰溜溜地夹着尾巴。

兰正义继续说道:"发康,那说说接下来你打算怎么办啊!"

李发康支支吾吾地憋出:"我也不知道。"

"你这也算情有可原,关键是这事情露出马脚了。不处理你是不行了,惊动唐书记了。这样,处理你的事过几天再说,先把猪找回来。"

李发康委屈巴巴地说:"这猪贼得很,找过了,找不到。"

"猪找回来,是工作的失误。猪找不回来,就是工作的错误,你自己看着办。"

停在村口的最后一辆车也蹦跶着开走了,村子恢复如常。换个方式形容吧:刚刚打完一场必败之仗的溃兵收获更大的败果,进而使得自身陷入更加窘迫的局面。李发康和发顺坐在院子里的石头上,现在的李发康跟发顺一样了,一样地灰头土脸,一样地右手挠着头。

猪还没死就意味着玉旺又有事可做了,她在院角"咔咔"剁着芭蕉。

老岩和二黑适时摸了进来。绝大部分的时间,发顺、老岩和二黑是一体的,都是热闹的一部分。

"猪回来,是失误。猪不回来,是错误。"这句话是两个极端的结合,朝着李发康重压而下。李发康深知失误和错误的最终定性,没有什么本质的差别。

"要不,明天我们再去山上找找那猪!"李发康说,语气略软,带着恳求。

"找什么找，猪不是在猪圈里吗？"丢了一头猪又重新得到一头猪，发顺自然没有什么损失，他盘算着，发硬地拒绝着。

尽管气大伤身不好，不过发顺总能屡次成功地挑起李发康的火。不要试图去点燃任何人心中的火把，引火自焚的人不在少数。李发康迅速被激起怒气，朝着发顺咆哮："要不是你们造作，会有现在这么多事吗？"发顺被李发康揪着衣领提起来，再推倒在地。李发康继续咆哮："社会好，政策好，好好过日子还不好？"

遇硬则软，发顺被推倒在地后索性就不起来了，任由李发康燃着怒火咆哮发泄，这是他的自保方式。而一旁附和的老岩和二黑显得更为明智，躲着，不敢上前沾染怒火。不料李发康放过赖在地上的发顺，转而捏着拳头走向他们俩。两个人赔着笑脸说："李书记别这样，别这样！"二人磕磕撞撞地后退："别这样，这样不好，不好。"李发康继续逼近，二人退到再无退处的时候妥协："好好好，我们错了，错了！明天继续上山找猪，找猪！"

李发康得到想要的回答，随之软了下来，说："不好意思，不该跟你们动粗的！"

"没有，没有。"二人继续赔着笑脸，顺便拉起赖在地上的发顺。一对三的男人之间的对局以李发康完胜宣告结束，玉旺还在院角剁芭蕉，"咔咔咔"的。

七

入夜，发顺家的人各自散去。

一天之中逐级传递的怒气还没有消除，从县委书记唐松到乡长兰正义，从兰正义到驻村干部李发康，再从李发康到发顺。这种逐级传递的怒气在传递过程中不断得到积累和加重，发顺承受着这股巨大的怒气。不过发顺并不是心胸开阔之人，他消受不了。

所以，玉旺成为这股怒气的最终承受者。

两个人的落魄家庭，发顺充当着暴君。暴君必有暴行，首先发顺得先喝点儿酒，酒劲上头就趁着酒兴挑玉旺的毛病，以便为想要实施的暴行寻找合理的依据。一曰批评教育和指正，二曰拳头之下长记性。而玉旺最大的毛病在于一贯的示弱和一贯的隐忍，所以整日"咔咔"剁芭蕉喂猪成了发顺挑出的毛病。

"憨婆娘，大事不做，整日只会剁芭蕉喂猪！"发顺挑起。

剁芭蕉的玉旺受骂，往下剁的力度加大。"嗒嗒嗒。"今夜，发顺家又不得安宁。

发顺家最先传出发顺酒后没有条理、污浊的叫骂声，叫骂声一直持续，越来越大声。其间伴随着锅碗瓢盆落地、玻璃器皿破碎的声音。玉旺隐忍不回应，发顺独角戏唱罢，紧接着就是拳头击打肉体的沉闷声，头颅撞击门板的"砰砰"声，且越来越大声，越来越凶狠。

邻里以及全村今夜又跟着不得安宁。"发顺又发酒疯打婆娘了！""发顺疯了，打得这么厉害，会不会打死人？"暴行越演越烈，从未有过的激烈，因为能清楚地听到玉旺绝望的惨叫和求饶声："不要打了……啊……不要打了……"邻里乃至全村不由得为玉旺揪心："去看看吧！劝劝，不然发顺真把媳妇打死了。"也有异议："别人家的家事别去掺和，别沾到发顺。"

坐等，观望，持续的惨叫和求饶。

"砰！啊……砰！"李发康闻声而来，暴行止于李发康破门而入。"嘭！"一脚踢开门。"啊！"一脚踢在发顺的屁股上。"砰！"发顺在地上狗啃。发顺借着酒劲弹地而起欲反击，再次被李发康一脚蹬倒，在地上借酒耍起赖："管得真宽，管教自己婆娘也要掺和。""砰！"又成功获得李发康一脚。"你婆娘不是人啊？怎么经得住这么打！"李发康朝着地上的发顺咆哮，"我是干部，但也是你哥！"

李发康曲蹲，一把揪起发顺的头发，厉声斥责："你看看，你婆娘被你打成什么样子了！"

房间角落，玉旺倚着墙柱，脸肿着，眼青着，流着鼻血用袖子揩着。哭失了声，瑟瑟发抖地抽噎着。地上散落着实施暴行的衣架、扫把和柴火棒子。

李发康指着墙角的玉旺说："打女人，一个大男人。过来！道歉！"

发顺赖在地上说："怎么可能跟一个女人道歉！"不容置疑，发顺话还没说完再次获得李发康以暴制暴的一击。李发康揪着发顺的头发在地上拖行，拖到玉旺跟前，厉令："道歉！"

发顺不得不屈服，嘴角流血，面部狰狞，朝着玉旺大声说："对不起，以后我不打你了！"这不算道歉，抽噎中的玉旺再次被狰狞的发顺刺激，浑身战栗，双手无力地向前挥舞："啊……啊……别过来，别打我……"

清官难断家务事，而现在李发康管了，以最直接、以暴制暴的方式。平息了这场别人家的暴乱以后，李发康还要去村民小组长家，明天要组织全村的劳力上山找猪。

"发顺，你再打婆娘，我把你的手脚卸下来。"李发康临走之前警告发顺。发顺失了神，蔫在一边抽着烟不做回应，算是一种妥协。玉旺在另一边继续抽泣，李发康的眼睛扫过来，看到她干巴地咧嘴表示感谢。

"玉旺，他以后要是还打你，你告诉我，过不下去就离婚！"听到李发康建议离婚，发顺瞪了李发康一眼。

绝不试图去赞美，只需要真实地描述。单纯地描述一个场景——从发顺家出来，李发康接着奔赴下一家，从一件事奔赴另一件与上一件毫无关联的事；着重于时间——深夜，狗都不吠的深夜。基层干部扮演着一个类似于父母的角色，喋喋不休，殚精竭虑，苦口婆心，以换来民众早就该具备的觉悟。基层干部的工作类似于在琐碎的河流中浮沉,这种琐碎的处理,要么细致入微,要么身败名裂。

次日,天还未亮。发顺的疯叫声又将整个村子喊得不得安宁。这种疯喊还不同以往,是沿着村道疯跑的疯喊。仔细一听发顺疯喊的内容:

"哇呀呀!李发康,我婆娘跑啦!不见啦!

"哇呀呀,李发康,都怪你让我婆娘跟我离婚!

"李发康,你个坏蛋!"

发顺的疯喊一直持续到天亮,重复性地奔走叫喊,以至于全村的人起来知道的第一件事情是这样的:驻村干部李发康建议玉旺和发顺离婚,从而导致了玉旺现在不知所终。

在"宁拆十座庙,不毁一桩婚"的传统真理面前,村民一致认为发顺打婆娘是自家的小事小恶,而李发康一举则是大恶。这是大多数人的想法,可暂且视为正确。

疯喊到天明的发顺终在喊累的时候静了下来,木讷,两眼无神。现在他终于是一个人了,他从未想过会一个人。不过他还想推脱责任或者是博取更多的同情,有气无力地嘟囔着:"李发康!"

老岩劝解:"发顺,怎么了?"

发顺捏着烟屁股说:"李发康让玉旺和我离婚,玉旺就跑丢了。"

"那你婆娘到底跑哪里去了?"

"昨晚那疯婆娘揩干净鼻血就往外跑,跑进了林子里,跑得太疯,我追不上她。"

再次将行动轨迹倒叙到起初找猪的林子来,还是一样的场景描写:村北边是森林,最外围是退耕还林后村民种下的松林,往深处走,是人迹罕至的原始森林。为什么要旧景重提呢?因为据发顺的描述,昨晚玉旺就是趁着月色跑向这个方向的,并最终音讯全无。

外围的松林中,大规模的人群聚集。昨夜发顺家的叫喊,成为今早众人的谈资。议论纷纷的众人最终统一意见：玉旺失踪的原因可归结为，李发康这个外人擅自插手发顺家的家事。

乡长兰正义一大早便闻讯赶来，贫困村特困户的婆娘丢了，这是天大的事。此时兰正义正训斥着奔忙一夜的李发康："猪的问题还没解决好，现在你又弄出个丢人！太丢人了！"

李发康辩解："发顺都快把他婆娘打死了，所以我就……"

兰正义回道："自己的事情都还没处理好，还有心思管别人的家事？"

旁观李发康被训斥的发顺这会儿又有了力气，狠狠地说："兰乡长，就是他要管我教育我自己的婆娘，我婆娘才丢的。他还让我婆娘跟我离婚……"

兰正义说："发顺，你闭嘴。"

太阳出来，林子里的浓雾散开。村庄里能动的劳力组成的搜索队伍进入林子，本来是要找猪，现在还要找人。因为要找人，惊动了兰正义，兰正义带来了乡派出所的全体警员和消防人员。当然，还有一只警犬，以及若干只村民家中品种不纯的撵山犬。

"找猪和找人这两件事碰在一起，开干！"兰正义一声令下。

山大了，再多的人也自然显得少。本来计划的地毯式搜索不奏效，所有参与此次搜寻的人员在林中铺撒开来，往林子深处找。人们边走边喊，这边的人喊着玉旺，那边的人学着猪叫。

"玉旺这个小女子怎么这么能跑呢！这么多人找都找不到。"

"都快找了一天了，怎么还找不到？"

发顺、老岩和二黑又聚在一起，跟在队伍的最后面，他们三个人又一样了——漫不经心。

"发顺，婆娘跑丢了，你怎么一点儿都不着急？"

发顺答："死了最好，这疯婆娘！"

"发顺,我劝你还是好好找找,没了婆娘怎么过日子。"

"那疯婆娘是李发康弄丢的,他要负责。"发顺将责任推脱得一干二净。此时李发康正带着人在林子深处找,听不到。

"发顺,你个惹事精。"李发康在心里说。

进山搜寻的队伍在山中一直待到傍晚依旧是毫无头绪,唯一的收获只是越往深处走,地上散落的猪粪越多。村民跟兰正义打趣:"兰乡长,派出所该出洞了,不然这野猪又要下山祸害人了。"兰正义说:"莫要乱扯,找人要紧。""不过玉旺这小女子进山也应该走不了多远,怎么就找不到呢?"警犬嗅了玉旺的衣服的气味,"汪汪汪"撒出数里后也在山中丧失了气味的方向,众人不禁为玉旺的安危担忧起来。

村民甲:"林子里有豺狗和豹子!"

村民乙:"林子里有吃人的狗熊!"

村民丙:"林子里还有大黑野猪,也吃人!"

村民甲、乙、丙代表群众的声音,代表群众猜测的玉旺的死因。因为找了一天了,丝毫不见玉旺的踪迹。

兰正义中断议论:"干部留下来连夜找,村民回家,今晚找不到,明天接着找。"

村民回村,山中入夜。兰正义和李发康等一众干部继续留守山中。人命关天,消防和民警打着大手电筒在前,兰正义和李发康打着小手电筒跟在后面。山中的夜里幽冷,林中的每一丝响动都会被放大得诡异。

"嗷嗷嗷!"猪叫声在夜里响起。

"你们听,猪在'嗷嗷'叫!"

"果然有猪在'嗷嗷'叫!"

众人闻声,手电筒齐刷刷地朝着传出"嗷嗷"叫声的方向照,又朝着手电筒照到的地方奔跑。半小时后,离"嗷嗷"的叫声越来越近。手电筒所照的灌木丛中因为反射亮起数十双小灯泡。"是野猪,很多的野猪!"有人惊喊。嗯,是的!灌木丛中亮起的小灯泡正是野猪群的眼睛反射着手电筒的光。与野猪在夜里不期而遇,众人愕然。野猪在夜里被强光所照,怔住三秒。待野猪回过神来"嗷嗷"地往漆黑中逃的时候,众人还在愕然中。

"还愣着干吗?追上去!"李发康喊,众人打着手电筒追上去。

森林,尤其是夜里的森林,绝对是属于野物的领地。野猪群往山顶上跑,众人跟在后头追。野猪群跑至山顶,翻下山后不见了踪影。兰正义和李发康在最后气喘吁吁地跟上来。

兰正义说:"大半夜的跟着野猪瞎追什么?万一野猪转过头来咬人怎么整!"

李发康喘着粗气:"你看见了没?野猪群里夹着一头白猪。"

兰正义说:"乱七八糟的!谁顾得上去看黑的白的?"

李发康喊住一个民警问:"那你看见了没,有一头白猪?"

民警回道:"没有,光看猪眼睛了!"

"你……唉……"李发康问不出个结果。

"野猪群里夹进了家猪,家猪还不得被咬死!"

李发康把手电筒夹在腋下,双手揉了揉眼睛:"应该没看错啊!我就看见一头白猪夹在黑野猪中间。"李发康再揉揉眼睛,一拍脑门:"我敢肯定有一头白猪夹在里面!"李发康自我拍板,确定看见一头白猪,此猪极有可能就是发顺家跑丢的那头建档立卡猪。

"那猪呢?"兰正义打断李发康。其实众人与野猪群只不过在慌乱中照过一面而已。

山中搜寻人员夜遇野猪群的消息成为第二天早上人们的谈资,议论纷纷地得出一致的结论:发顺跑丢的媳妇玉旺有极大的可能已经死在了山上,根据玉旺踪迹全无以及野猪成群的事实可以正面得出悲惨的推测:玉旺死了,已经被野猪吃了。同时也得出一致的同情和愤慨：把发顺也丢到山上让野猪嚼碎，李发康这个多管闲事的间接杀人犯也丢到山里。"

发顺在玉旺走丢次日，又伙同老岩和二黑，呼呼大醉，仿佛丢了的不是他的媳妇。呼呼大醉时坚持的醉话是："玉旺，是李发康弄丢的！必须由李发康负责。"

李发康领着人在山中继续找，他走在最前面，背后是千夫所指。

一天一夜的山中引吭，留守山中的搜寻人员累得够呛。乡长兰正义糊弄个理由，一大早就回了乡上，其余搜寻人员散在地上，横着、倚着、侧躺着。玉旺在山中走失，谁都没法安宁。

随着玉旺走丢的时间拖长，这支搜寻队伍的规模不断扩大。第二天，相邻的几个村的劳力也加入进来。第三天，县上派来一支专业的消防队。地毯式的搜寻在玉旺走失后的第三天正式形成，林中已撒出去千余人。可是在千余双眼睛之下，丝毫不见任何有关玉旺的踪迹。县上每天的指示相差无几——设法减小这事的影响。但是这事没法不大，这种类似人间蒸发的音讯全无让这场千余人找一人的事件的影响无限扩大，一直寂静冷清的山林在大规模的人群介入之后变得热闹又沸腾。

不断加长的失踪时间消耗着李发康的耐性，在山中坚持三天三夜的他灰心丧气，心里打着突，脑子发着木。眼前一黑，累晕之前仍然不屈从："活要见人，死要见尸！"如果搜寻的第一天是人和猪一起找，第二天就是单纯地找人，第三天、第四天就是活要见人死要见尸，而第五天，千余人在林中张大鼻孔单纯地寻找一具发臭的遗体，以告结这场费时费力的搜寻。可是没有，什么都没有。

人们认为玉旺的死讯满天飞的时候，发顺不得不接受玉旺已死的现实。酒越喝越发酸，接受死讯就意味着不得不悲伤，发顺不敢再扯着嗓子喊一个死人疯婆娘了。

所以发顺从村子一路哭喊着上山去："李发康，你还我玉旺！"

发顺的这种哭喊来得快，去得也快，就像是走走过场，在散落着千余人的林中哭号一气后，被老岩和二黑拽下山去。把悲伤哭喊出来不一定有缓释功能，不过能博取同情，这是发顺的目的。晕倒被抬走的李发康自然而然成为发顺这个可怜之人的可恨制造者，这是一致认为的，不可说服。

无所谓始，也无所谓终。发顺、老岩、二黑三个人又继续成为一体，喝上了酒。

老岩说："给玉旺立个牌位供一下吧？"

发顺又开始说醉话："不弄，浪费香火。明天去告李发康。"发顺又开始盘算着。

二黑附和："嗯嗯，人命，赔死李发康。"

八

玉旺走丢的第十天。

县委书记唐松的办公室热闹非凡，名为接待失踪者家属，实则是发顺率领着老岩和二黑在这里赖作一团。发顺的小盘算——以一条人命为筹码——肯定能让他在这里吃到一些甜头。唐松冷着脸，寻找着解决之法。办公室的皮沙发上，二黑穿着污兮兮的袜子蹲在上面；老岩靠着，抽烟、吐痰；发顺跷着二郎腿，假装丧妻之痛。对，是假装。

发顺说："唐书记，都是李发康弄的鬼，我要一个说法，我家媳妇死得不明不白。"

唐松冷着脸说："你媳妇不是没死吗？"

"那么多人找了十天都找不到，跟死了有什么区别？"

发顺继续一脸哭相地说："唐书记，建档立卡猪是李发康发到我家的，换猪迎检的猪也是李发康买的，我那可怜的媳妇也是因为李发康才弄丢的……"

二黑和老岩附和："是啊，是啊，我们可以做证，都是因为李发康。"

唐松好言细语："我们县里会仔细研究这个事情，尽快给你们一个满意的答复。"

发顺无赖："我们好不容易来一次县里，今天必须要一个说法，不然就不走了！"

唐松无奈，也只得继续见证三个人的无耻："那说说吧！你们的意见。"

发顺生气地说："李发康让我媳妇和我离婚，我媳妇才跑丢的，一定要处理他。而且李发康买到我家迎接检查的猪，我希望政府可以帮我变成钱……以后……政府再有什么发猪崽发鸡崽的，直接变成钱发给我……还有就是……我媳妇死了，政府方面多少给点儿赔偿……"

唐松一听发顺一口气说出一系列无理的要求，冷着的脸转黑，"啪"一拍桌子，怒道："死了婆娘还狂了小鬼？李发康的事情我们县里会处理，你们的意见我们也会开会讨论。现在，请你们出去，我们要开会了！"唐松对他们三人下着逐客令，不过他们丝毫没有要走的意思。唐松无奈，打通乡长兰正义的电话："兰乡长，快来把发顺他们带回去。"转而对坐在沙发上的三个人说道："你们喜欢待就待着吧！我要开会去了。"

"唐书记，唐书记！"仨人看着唐松的背影喊。

还是唐松办公室内，二黑说："发顺，你太不会说话！"

发顺说："要怎么说，我说的都是实话嘛！"

老岩说："本来可以弄点儿补偿款的，现在完蛋了。"

三个人又开始了百无聊赖的内斗。

玉旺走丢后的搜寻工作在十二天无果后宣告结束，玉旺成为失踪人口。李发康是躺在病床上被当作问题处理的，扶贫的母猪丢了，是工作的错误。处理基层问题的时候用不当的手段造成严重的后果，这是严重的工作错误。数错加在一起，李发康成为特别严重的、可以作为其他干部引以为戒的反面典型。革去公职——当听到县上给自己的处理意见的时候，李发康瞬间释然。"唉！"长舒一口气，"就这样吧！"其间，发顺率领的三人无赖队伍从乡上到县上再到市上，闹遍了所有他们认为可以管到这件事情的部门，以至于从乡上到县上再到市上的各个部门都一致认为：此人，无赖。避之不及。

卸去公职之后的李发康备感轻松，他要离开这个地方。插手别人的家事从而导致别人的媳妇跑丢了，他已背负着千夫所指的罪名。解释不清，不可说服。当李发康身无一物地坐上离开的客车的时候，那个消失数月、音讯全无的玉旺从山里回来了。

嗯，没说错！那个跑进山林里失踪数月的玉旺，那个千余人搜寻而不见的玉旺回来了。和玉旺一同回来的还有那头所谓的建档立卡母猪种，以及母猪身后跟着的一群小猪崽。母猪"嗷嗷嗷"，小猪"呀呀呀"，被玉旺赶着穿村而过。这一天，村里的人打开大门，玉旺和猪回来了，像战士凯旋。

"玉旺不是死在山上了吗？怎么回来了？"

"怎么还赶着猪回来了？还有一群小猪崽。"

"那群小猪崽是小野猪呢！"

"肯定是小野猪，大概是那头母猪跑到山上跟野公猪配的种！"

"不是，玉旺不是死了吗？怎么又回来了？"问题又回到原点。

玉旺和猪继续在村中穿行，一路走，背后跟着的人越来越多，都想看一看这个失踪在林中数月的女人。

玉旺赶着猪回到家中的时候，发顺刚打包好行李，他准备到省里去上访。大门开，见玉旺进门，发顺一愣，接着一惊："啊！你不是死了吗？"赶进院子里的猪"嗷嗷"。见玉旺不回话，发顺大声吼道："你不是死了吗？怎么回来了，没死成？"玉旺的嘴嘟囔了几下，说："李……李发康……在哪儿？"见玉旺回来的第一句话就是问李发康，发顺生气："李发康都差点儿把你害死了，你还跟我提他？"发顺挥手欲打玉旺。

不过这次发顺失算了。"啪！"玉旺响亮的一记耳光抽在发顺脸上。挨了一巴掌的发顺发着蒙捂着脸向后退却："这疯婆娘，真的疯了！"天旋地转，天旋地转，这里的天旋地转指的是发顺在捂着脸的瞬间看到门外讪笑的人群。这当然很让他没面子，发顺的腿在此时酸软，瘫在地上。世界仿佛倒置，然后变了个色。

"李……发康……"

从山中归来的玉旺变得强硬，但是依旧痴傻。不过人们改变了说法——玉旺是淳朴的。玉旺吆喝着从山中带回来的猪群，沿着山路走，最终被林海淹没。

列车向东走，驶出南高原，革去职务的李发康在车上。换个环境也许是种逃离，而逃离偶尔是逃命。列车向东走，李发康的电话响起，接通，乡长兰正义的声音传出："发康啊！误会啊！误会！发顺的媳妇回来了，建档立卡猪也回来了！"

李发康并不惊讶："回来就好，回来就好！"

"我们乡里和县上已经更正了对你的处理，你可以回来了！"

"……"电话那头李发康不作声。

兰正义接着说："发顺媳妇带回来建档立卡猪，还领回来一窝野猪的杂交崽子。乡上准备在村里建立一个野猪杂交的示范基地。"

"……"李发康还是不作声。

兰正义接着说："回来吧！村里的工作需要你！"

"嘟……嘟……嘟……"电话忙音，李发康挂断电话，列车驶出高原。

"唉，累了！结束了！"李发康自言自语，倚着车窗，睡去。

九

现在，我经常在电话里喊李发康："嘿，倒霉蛋！"

他回："说人话！"

"爸！"

他现在在沿海的某个城市的建筑工地工作，有时候轧钢筋，多数时候扛水泥。

"爸，村里的野猪养殖场弄起来了！村里的人都顺利脱贫了。"

"那就好，现在国家的政策那么好，好好过日子比什么都强！"

"玉旺养殖场的每一头猪，都是我爸！"

玉旺管养殖场的每一头猪，都叫作李发康。

 授课

给予笔下事物应有的合理与和谐

有一天苦聪作家扎戈对我说:"小李,写篇小说给我吧!"我说:"没写过,不会。"扎戈拍了拍我的肩:"因为不会,所以才写。"因而我的第一部小说《猪嗷嗷叫》,是作为一项前辈布置的任务开始的。既然是前辈布置的任务,那就得用心、细心、精心地来对待,尽我所能来写好。那要写点儿什么呢?可以确定的是,要写乡土题材。再具体一些,要写点儿乡土的什么内容呢?我的母亲是个农村妇女,农闲之余好搜集点儿十里八乡的趣事来作为茶余饭后的谈资。于是我从母亲添油加醋、诙谐的描述中获得了第一手的写作素材。乡土题材的作品对于我而言是容易写的,因为我也是乡土百姓中普通的一员。只不过就是将别人的故事带入自己熟悉的环境中,以旁观者的视角来进行辩证的审视和客观的描述,使其再以文字的形式重演一次。《猪嗷嗷叫》一稿写完发给扎戈,扎戈说:"有点儿像小说了。"再修改,扎戈说:"有点儿味道了。"于是我的第一篇小说就这么诞生了。

我的小说创作是带着问题进入的,解决问题之后带着新的问题出来。在跳出小说的文本和人称后,虚构的写作里,写作者是笔下这个世界的造物主。既然笔下的这个世界归写作者管辖,那么写作者就有责任给予笔下的事物应有的合理与和谐。谈及小说事物的合理性与和谐性,

又不得不重新回到开始的"因为"产生"所以"上来。因果最直接的表现并不是轮回,而是承接。只有源于现实的因果,我们才能基于现实去设想接下来的故事。

关于小说的写作,我所知道的,是由问题打开新的问题,是"因为"产生"所以",以完成顺承的过渡,以实现再发展。是不断的建立,推翻,再建立,以重塑另一个完整的自我。做个比喻,我像一个初出茅庐的剑客,意气风发的同时不知道天高地厚。我想起我们云南热带雨林中有一种叫"帕"的鸟,在捕食和筑巢之余,还喜欢偏执地朝着林冠的上空仰冲,不断地向上仰冲,直至精疲力竭,失去向下俯冲落地的能力,垂直地坠入土里,化作"望天树"的种子。而"望天树"继承着"帕"的愿力,将天空和白云作为目的地,夜以继日地向上生长。"望天树"永远不是为了"望天"而向上生长,当它决定要笔直向上不断生长的时候,它就撑起了一整片雨林的天空。偏执仰冲的鸟,是"寻找"的勇敢先驱。

课后学习书单

毕飞宇著:《玉米》,人民文学出版社,2017年。